[意]
多娜泰拉·迪皮耶特兰托尼奥 著
Donatella Di Pietrantonio

陈英 刘思捷 译

被弃养的女孩
L'Arminuta
典藏版

外语教学与研究出版社
北京

京权图字：01-2018-5648

Original title L'ARMINUTA © 2017 Giulio Einaudi editore s.p.a., Torino
The Simplified Chinese edition is published in arrangement through Niu Niu Culture.
Chinese translation copyright © 2018 Foreign Language Teaching and Research Publishing Co., Ltd.

图书在版编目（CIP）数据

被弃养的女孩：典藏版 /（意）多娜泰拉·迪皮耶特兰托尼奥著；陈英，刘思捷译. -- 北京：外语教学与研究出版社，2023.9
ISBN 978-7-5213-4808-8

Ⅰ.①被… Ⅱ.①多… ②陈… ③刘… Ⅲ.①长篇小说-意大利-现代 Ⅳ.①I546.45

中国国家版本馆 CIP 数据核字（2023）第 173584 号

出 版 人　王　芳
项目策划　张　颖
项目编辑　郭芮萱
责任编辑　周渝毅
责任校对　都楠楠
装帧设计　范晔文　张　潇
出版发行　外语教学与研究出版社
社　　址　北京市西三环北路 19 号（100089）
网　　址　https://www.fltrp.com
印　　刷　三河市北燕印装有限公司
开　　本　889×1194　1/32
印　　张　6.5
版　　次　2023 年 9 月第 1 版　2023 年 9 月第 1 次印刷
书　　号　ISBN 978-7-5213-4808-8
定　　价　56.00 元

如有图书采购需求，图书内容或印刷装订等问题，侵权、盗版书籍等线索，请拨打以下电话或关注官方服务号：
客服电话：400 898 7008
官方服务号：微信搜索并关注公众号"外研社官方服务号"
外研社购书网址：https://fltrp.tmall.com

物料号：348080001

献给皮耶尔乔治

纪念他短暂的一生

时至今日,

从某种程度上来说,

我还停留在少女时代的

那个夏天:

我的灵魂一直在围绕着

那个夏天作斗争,

就像一只飞蛾围着

一盏刺眼的灯在飞。

——艾尔莎·莫兰特《谎言与魔咒》

1

十三岁时,我还不认识我的另一位母亲。

我拎着一只笨重的箱子和满满一包鞋,费力地走上通向她家的楼梯,走到那层的楼梯平台上时,一阵油炸食物的味道迎面扑来。我在门口等了一会儿,门似乎很难打开,里面的人不说话,只是一边摇晃着那扇门,一边在鼓捣门锁。我看到一只蜘蛛吊在一根丝的末端,在空中摇荡。

门锁打开的声音响起之后,一个扎着辫子的小女孩出现了,她的辫子有点松,像是几天前扎的,她是我妹妹,但我从来没见过她。她把门推开,好让我进去,同时用尖锐的目光看着我。那时候我和妹妹长得很像,比成年之后像多了。

2

那个把我生下来的女人并没有从椅子上站起身来,她怀里抱着的婴儿正把自己的大拇指放进嘴一侧吮吸着,或许那儿快要长牙了。我进去之后,婴儿不再哼唧,母亲看着我,她怀里的婴儿也看着我,我不知道我还有这么小一个弟弟。

"你来了,"她说,"把东西放下吧。"

我垂下了眼睛,那个装鞋子的包轻轻一动,就会有味道散发出来。这时候,母亲怀里的婴儿又开始哼唧,他把头转向母亲的胸脯,口水流到了母亲褪色的汗衫上。最里面那个房间的门半掩着,里面传来急促、响亮的呼噜声。

"怎么不关门?"妹妹站在那里发呆,母亲用责备的语气问。

"送她的人不上来吗?"妹妹用她的尖下巴对着我,回了母亲一句。

这时候,"叔叔"(我不得不学着这样称呼他)进来了,他刚爬完楼梯,有些气喘。在这个炎热的夏日午后,他用两只手指拎着一个衣架,衣架上挂着一件大衣,那件大衣是给我的。

"你妻子没来吗?"我的亲生母亲问他,她抬高了嗓门,怀里婴儿的哼唧声越来越大了。

"她下不了床。""叔叔"摆了一下头说,"昨天我买了些东西,有些是冬天用得着的。"他向母亲展示了那件大衣的品牌。

窗子大开着,我把行李放在地上,朝着窗边走去,远处传来一阵喧嚣声,好像是卡车卸石子儿发出的声音。

女主人决定给客人煮一杯咖啡,她说,这样一来咖啡的香气也能唤醒丈夫。她把怀里哭泣的孩子放到了护栏里,从简陋的餐厅走向厨房。婴儿抓着护栏上的网子,想站起来,那张网是用绳子胡乱绑起来,堵护栏上一个窟窿的。我靠近他时,他哭得更厉害了,十分恼怒。那个每天都和他在一起、他认识的姐姐使劲把他从护栏里拽出来,放在地上。他循着母亲的声音,朝厨房爬过去。妹妹深邃的目光从弟弟那边转移到了我身上,看着我的脚。她先盯着我新鞋子上的金色搭扣,然后目光向上移,看着我的裙褶,我身上的蓝裙子很新,还保持着出厂时的笔挺。她身后有一只大苍蝇在空中飞来飞去,想寻找出口飞出去,时不时会撞到墙上。

"这件衣服也是那个人给你买的?"她慢吞吞地说。

"因为要送我回这儿,昨天他特意买的。"

"他是你什么人?"她好奇地问。

"一个远房叔叔,之前,我一直和他还有他妻子生活在一起。"

"那你妈妈是谁?"她有点儿垂头丧气地问我。

"我有两个妈妈,其中一个也是你妈妈。"

"我妈妈偶尔也会说起这事儿,她告诉我,我有一个姐姐,比我大一点,但我从来不太相信她的话。"

突然,她用手贪婪地捏了捏我的衣袖。

"过一阵子,这件衣服你就穿不上了,来年可以给我穿,你得好好爱惜,可别给我弄坏了。"

父亲一边打着呵欠,一边从卧室走了出来,他光着脚,赤膊来到我们面前。他循着咖啡的香味向厨房走去,看见了我。

"你来了。"他说,和他妻子说的话一模一样。

3

厨房里,勺子叮当作响的声音停了下来,我听见他们说话的声音,声音不大,断断续续的。我忽然听到客厅有人拖动椅子,吓了一跳,心都提到嗓子眼了,是"叔叔"走过来和我告别,他很敷衍地摸了一下我的脸。

"你要听话哦。"他说。

"我把一本书忘在车上了,现在下去拿。"我说,我跟着他一起下了楼。

我借口说书在车前面的位子上,于是钻入车子,坐到副驾驶座把车门反锁上了。

"你要干吗?"他坐上驾驶座,问我。

"我要和你一起回去,我不会给你们添任何麻烦,加上现在妈妈病了,她需要我的照顾。我不想待在这里,我不认识楼上那些人。"

"别闹了,你得听话。你亲生父母在等着你,他们会很爱你的。家里有那么多小孩,大家一起生活多好呀。"他说话时,夹杂着他嘴里味道的咖啡味扑面而来。

"我想生活在咱们家,和你们一起。如果我做错了什么事情,请告诉我,我今后一定改,别把我丢在这儿。"

"不行,我们不能继续抚养你了,我们已经给你说清楚了。好了,别再耍脾气了,赶紧下车吧。"他说这话时,没有看我,只是看着前方,但他面前什么都没有。他几天没刮胡子了,腮帮子上的肌肉有些抽搐,以前他发火时就这样。

我没听他的话,坚持不下车。这时候,他用力砸了一拳方向盘,从车上下去,要把我拉下车。我蜷缩在座椅前方的狭小空间里,浑身颤抖。他用钥匙打开车门,抓住我的一条胳膊往出拽,挣扎过程中,我的连衣裙肩膀那里裂开了一道几寸长的口子,那是他才给我买的。他的手抓得那么紧,我都认不出之前那位寡言少语的爸爸了,直到那天早上,我们都生活在一起,可如今他忽然就成了一个陌生人。

小广场的沥青路面上,轮胎灼烧的气味还残存在空气中,车子开走了,只剩下我和车轮开过的痕迹。我抬起头,发现有人从我们家三楼的窗户探出头来看。

半个小时后,"叔叔"又回来了,我先听到敲门声,然后听到楼梯平台传来他的声音。我一下子就原谅他了,又高兴地拿起我的行李，可当我走到门口时，他的脚步声已经回响在楼梯尽头。妹妹手里拿着一盒冰淇淋，是我最喜欢的香草口味，"叔叔"来这儿是为了给我送冰淇淋，而不是要带我回去。那是1975年8月的一天下午，所有人都吃了"叔叔"买给我的冰淇淋，除了我。

4

傍晚时分，几个哥哥都回来了，其中一个冲着我吹了一声口哨，算是跟我打招呼，而另一个丝毫没有意识到我的存在。他们冲进厨房，胳膊肘互相顶撞，想在餐桌上占个好位置。这时母亲已经把晚餐摆在了桌子上。他们给自己盘里装满丸子，酱汁四溅。我坐在餐桌一角，轮到我时，只剩下一个软塌塌、上面沾了点儿酱汁的丸子，丸子里面白乎乎的，是用水泡过的陈面包加了点儿肉末做成的。吃完面包做的丸子，我们还没饱，为了填饱肚子，就用面包蘸着盘底剩下的酱吃。几天之后，我才学会了争抢食物，学会了守住自己的盘子，不让别人的叉子抢走。那天，我盘里的东西本来很少，母亲想给我加一点，也被他们抢走了。

晚饭后，我亲生父母才想起来没有我的床。

"今晚你就和妹妹一起睡，你们俩都挺瘦的。"父亲说，"明天我们再想办法吧。"

"我们俩要睡同一张床，就必须脚对头睡，"阿德里亚娜给我解释说，"我的头对着你的脚，但睡前我们会洗洗脚。"她向我保证。

我们把脚都放到同一个盆里，阿德里亚娜一直在搓洗脚丫里的污垢。

"你看，水都黑了。"她笑着说，"这些都是我脚上的，你的脚本来就挺干净的。"

她找了一个枕头给我，我们走进房间，没有开灯，其他人都睡着了，呼吸均匀，空气中有一股子汗腥味，那是青春期的味道。我和妹妹小声说了几句，就头对脚地睡在床上。床垫是羊毛的，因为用的时间太长，软塌塌的，有些变形，睡在上面，身体很容易滚到床垫中间。床垫散发出一股尿骚味，应该有人尿过床，那是一种我之前从来没有闻过的臭味。蚊子在找机会下口，我想把床单拽过来盖住自己，但没能拽过来，熟睡的阿德里亚娜往相反的方向扯着床单。

她的身体突然抖了一下，也许是梦到自己从高处掉下来了。我小心翼翼地挪动她的一只脚，把脸枕在她冰凉的脚掌上，她脚上还残留着劣质肥皂的味道。整个晚上，她的腿都在动来动去，但我的脸一直紧贴着她脚上粗糙的皮肤。我摸到了她的脚指甲，有点扎手，我记得行李箱里有指甲刀，第二天早上可以给她用。

窗户开着，我看到一弯月亮慢慢在天空中移动，最后消失在窗框后面，天空上有零散的星星。看到没有房屋遮挡的天空，是我住在这里唯一的幸运。

"明天我们再想办法。"这是父亲之前说的，但他转身就忘了，我和阿德里亚娜也没再提。每天晚上，阿德里亚娜都会把一只脚伸过来，我把脸枕在上面。在黑暗中，到处都是呼吸声，除了阿德里亚娜的脚掌，我什么都没有。

5

我正睡着,腰间忽然感到一阵热流,我噌的一下就坐了起来。我在双腿之间摸了一下,发现是干的。在黑暗中,阿德里亚娜只是稍微动了一下,她躺在床上,身体蜷缩在一个角落里,继续睡着,好像已经习以为常。过了一会儿,我重新回到床上,尽可能把身体缩到最小。就这样,我们俩围着那块尿湿了的地方睡了。

尿骚味慢慢散了,只是偶尔会闻到。天快亮时,一个男孩——我不知道是谁——动了起来,节奏越来越快,持续了几分钟,嘴里还发出呻吟。

早上阿德里亚娜醒了,她头睡在枕头上,睁开双眼,一动不动地躺在那儿。她看了我一会儿,什么也没说。母亲抱着弟弟过来叫她起床,闻到了空气中的味道。

"你又尿床了,真行啊你,我一进来就闻到了。"

"不是我。"阿德里亚娜说着,头朝墙壁转了过去。

"好吧,可能是你姐姐吧,但她可是有教养的人。已经很晚了,赶紧起来吧。"阿德里亚娜爬了起来,她们俩去了厨房。

我没作好准备和她们一起去厨房，不知道该怎么办。我站在那儿，也不敢去洗手间。一个哥哥起身坐在床上，双腿张得很开，他一边打呵欠，一边用手调整鼓鼓囊囊的内裤。看到我在房间里，他皱起眉头，开始打量我。那天天气很热，我没穿睡衣，只穿了一件背心，他的目光停在了我胸上。我本能地把双手抱在胸前，挡住那儿刚冒出来的两团东西，我的腋下开始冒汗。

"你也在这儿睡？"他用那种没发育成熟的男性嗓音问我。

我很尴尬，我说是的，他又接着打量我，一点儿也不羞怯。

"你有十五岁了吗？"他问。

"没有，我还没满十四岁呢。"

"但你看起来像有十五岁了，甚至更大。你长得真快。"他最后说。

"你多大了？"我出于礼貌，问了他一句。

"我快十八了，是家里的老大，已经开始打工了，但今天我不用干活。"

"为什么呢？"

"今天老板不需要我，他需要时才叫我。"

"你是做什么的？"

"在工地上当小工。"

"那你不上学了吗?"

"别跟我提学校!我初二就退学了,反正我也考不及格。"

我看到他结实的肌肉,坚实的肩膀。可能因为经常在外面干活,他胸口被太阳晒黑了,那里长出了一丛栗色的胸毛,更往上一点,脸也晒得黑黢黢的。他一定也是很快成长起来的。他伸了个懒腰,我闻到他身上散发出成年男性的味道,并不让人讨厌。他左鬓角有一块鱼骨形的伤疤,可能是一处没缝合好的旧伤。

我们不再说话,他又盯着我的身体看,时不时会摆弄一下内裤,想调整到一个舒服的位置上。我想换衣服,但前一天我没把行李箱里的东西取出来,箱子在距离我几步远的地方,我得背对着他,才能走过去拿箱子。我期待着发生点什么事。他的目光顺着我白色的背心向下移动,掠过我赤裸的双腿,落在我紧抓地板的脚趾上。我不想转身。

母亲过来了,让他快点儿收拾,一个邻居正在找人去乡下做工。干完活,会送几箱熟番茄作为报偿,可以用来做番茄酱。

"你要想吃早饭的话,就和妹妹去买牛奶。"母亲吩咐我说,她极力使自己温和一点,但最后还是恢复了往常说话的语调。

弟弟在另一个房间里,他爬到我装鞋的那个包前,把鞋子都拿了出来，丢得到处都是。他轻轻咬了一只鞋，撇了撇嘴，好像咬了很苦的东西。阿德里亚娜跪在餐桌前的一张凳子上，在择中午要吃的豆角。

"你看看你，把那么好的豆角都扔了。"这时，母亲骂了她一句。她并没有太在意。

"你快去洗漱啊，我们去买牛奶，我饿了。"她对我说。

我是最后一个用洗手间的，几个哥哥把水溅得到处都是，在地板上留下了鞋印和脚印。在我家，我从没见过地砖变成这副样子。我滑了一下，但像个芭蕾舞演员一样，马上稳住了自己，没有倒地。那年秋天，我确信自己再也不会上舞蹈课和游泳课了。

6

我记得我刚到那儿的一天早上,窗外的光线有些发白,它预示着稍后可能要下暴雨,就像前几天一样。周围静得出奇,阿德里亚娜抱着弟弟去了一楼的寡妇家,几个哥哥都出去了,只剩我和母亲在家里。

"你把鸡毛拔干净。"她递给我一只鸡,吩咐我说,那只鸡已经死了,头朝下垂着,母亲抓着鸡爪。鸡是别人送来的,我之前听到母亲和一个人在楼梯平台上说话,最后母亲还对那人表达了谢意。"然后把鸡切成块。"她最后说。

"什么?我不明白。"

"难道你就这样吃鸡吗?你得把鸡毛拔了,对吧?还要把鸡切开,把内脏掏出来。"她一边给我解释,一边轻轻抖了抖手臂,示意我接住。

我向后退了一步,不去看那只鸡。

"我干不了,我害怕,我可以去打扫屋子。"

她看着我,没再说什么。扑通一声,她把鸡扔到洗碗池的台子上,非常愤怒地拔起了鸡毛。

"这位大小姐只见过煮熟的鸡。"我听到她咬牙切齿地说。

我开始搞卫生，这对于我来说并不难。我应付不了其他家务，因为之前没怎么做过。我用海绵反复清洁浴缸底部的水垢，然后打开水龙头，把浴缸注满水。水龙头里出来的只有冷水，没有热水，我也不想问这是怎么回事。厨房里偶尔会传来剁骨头的声音，我继续大汗淋漓地清理污垢。最后，我从里面用铁钩把门关上，躺在浴缸里。当我伸手去拿放在边上的香皂时，我觉得自己快要死了：大脑、手臂、胸口缺血，感觉浑身冰凉。有两件重要的事情迫在眉睫：打开排水口，呼救。我不知道怎样才能引起那个女人的注意，我没办法叫她妈妈。我没有喊"妈——"，而是吐了一口酸水在慢慢往下流的水里。即使我想叫她过来，也不记得她的名字了。我大叫了一声，晕了过去。

不知过了多久，我被阿德里亚娜床上的尿骚味熏醒了。我躺在床上，没穿衣服，身上只搭了一条毛巾。地上不远处有一个空杯子，应该是之前化了糖水的——这是母亲应对各种疾病的方法。过了一会儿，她出现在门口。

"你身体不舒服，为什么不马上告诉我，一定要等自己晕倒吗？"她问我，嘴里还在嚼着什么东西。

"对不起，我以为一下就好了。"我回了一句，并没有看她。

有很多年，我都没有叫过她妈妈。从我被送回家里开始，"妈妈"这个词就卡在我喉咙里，像是一只再也跳不出来的蛤蟆。如果有什么急事要跟她说，我会用其他方式吸引她的注意。有时候弟弟在我怀里，我会掐他的腿，让他哭，这样母亲会转过头来看我们，我就可以和她说话了。

有很长时间，我都忘了弟弟曾经受的苦，他现在已经二十多岁了，我才偶然想起我掐他的往事。有一次我去他现在住的地方，和他坐在一条长凳上，我注意到他身上有一块瘀青，和当初我在他身上留下的瘀青一样，不过这次是他自己不小心撞到桌角上弄的。

吃晚饭时，看到有鸡肉，大家都很激动。阿德里亚娜自言自语说，这算不算是夏天的圣诞节。我很饿，但有些恶心，因为之前我看到这只鸡被开肠破肚的样子，尤其是看到鸡的内脏在洗碗池里，就挂在吃早餐用过的那些脏杯子间。

"一只鸡腿给爸爸，另一只给她，她今天晕过去了。"母亲就这样决定了。因为她把鸡胸脯留下来第二天吃，剩下的肉都很小块，而且骨头很多。那个叫塞尔焦的哥哥立马就不干了。

"生病的人应该喝汤，而不是吃鸡腿！"他顶撞了一句，"鸡腿应该是我的，今天我帮楼上的邻居搬家，挣的钱都给你了。"

"都怪她，你才把厕所门弄坏了。"另一个哥哥说，他用食指指着我,"她尽搞这些事儿,你们不能把她送回去吗?让她哪儿来回哪儿去!"

父亲在他头上拍了一巴掌,让他坐下别说话。

"我不饿了。"我跟阿德里亚娜说,然后跑回了房间。没一会儿,她就拿着一片面包和一点橄榄油来找我了。她已经洗漱好,换了衣服,穿了一条又窄又小的裙子。

"你赶紧吃,吃完换衣服,我们去外面玩儿,今天过节。"她把盘子递到我跟前。

"什么节?"

"守护神的节日。你没听到乐队在演奏?广场上歌手要开唱了,但我们不去听歌,维琴佐要带我们去坐摩天轮。"她小声说。

半个小时之后,维琴佐鬓角上的鱼骨形伤疤出现在开阔处的灯光下,那是几个吉卜赛人临时扎营的地方。在鸡腿引发的争执中,维琴佐是唯一一个没为难我的男孩,他没让其他兄弟一起来,只带了阿德里亚娜和我。他把零钱放在一起——不知道他是怎么攒起来的——数了数,和售票员交涉了一下,他们看上去关系很密切,也许是在往年的节日中认识的。他们有同样的深色皮肤,站在一起抽烟,看上去像是同龄人。坐前几圈的时候,那个吉卜赛人收了我们的钱,后来就让我们免费玩。

我之前从来没有坐过摩天轮，我妈妈告诉我，那太危险了，她朋友的小孩坐摩天轮时拇指被压断了。阿德里亚娜非常熟悉这个游戏，她帮助我坐上去，帮我把座椅锁好。

"你使劲抓住那根链子。"她叮嘱我说，然后坐在了我前面。

为了不让我害怕，维琴佐和阿德里亚娜让我坐在中间。摩天轮升到最高处时，我有一种幸福的感觉，这些天发生在我身上的事，如同浓雾一般，都留在了地上。我升到高处，有那么一会儿，甚至忘了那些不愉快的事。坐了几圈之后，突然背后有只脚在踢我，有人在说："抓住这条尾巴！"我的手臂只是稍微向上伸了一点，我不敢放开链子。

"松开手吧，小妹！你不会有事的。"他鼓励我说，踢得更起劲儿了。他第三次踢我时，我完全松开了手，把手伸向空中。我感觉一个毛茸茸的东西碰到我张开的手掌，就紧紧地握住了它。我抓到了一条狐狸尾巴，也赢得了维琴佐的心。

摩天轮慢了下来，发出嘎吱嘎吱的响声，缓缓停稳。刚从摩天轮上下来，我站不稳，摇晃着走了两步。我的手臂上起了鸡皮疙瘩，但并不是因为天气冷，下了几天暴雨之后，天气又马上变得闷热起来。维琴佐走到我跟前，默默地看着我的眼睛，我刚才胆子很大，他的眼睛闪闪发亮。我整理了一下被风吹乱的裙子，他点了一支烟，把吸的第一口烟喷到了我脸上。

7

快到家楼下时，维琴佐把钥匙给了我们。他说东西忘在摩天轮那儿了，让我们给他留门。他迟迟没回来，我也没睡着，仍然为坐了摩天轮而兴奋。在墙壁另一边，父母房间里传来吱吱嘎嘎的声音，后来就安静了。几个小时过去了，我辗转反侧，双腿不停乱动，一只脚还踢到了阿德里亚娜的脸。更晚些时候，熟悉的热流又来了，我起身睡到了维琴佐床上，他的床上没人。我在他床上动来动去，闻到了他身体各个部位的气味：腋窝、嘴，还有性器。我想象他在那位吉卜赛朋友的房车前抽着烟聊天的样子，天快亮时，我才睡了过去。

吃午饭时，维琴佐回来了，穿着他工作时穿的裤子，裤子上粘了些凝固的水泥。似乎没有人注意到他昨晚没回来，他走近桌子时，父母互相看了一眼。

父亲一句话没说，不动声色地打了维琴佐。维琴佐没站稳，一只手戳进了装有番茄酱拌面的盘子里，那些番茄是他前几天在乡下做工挣来的。他闭着眼蜷缩在地上，想保护自己，期待着这一切结束。父亲的脚不再踢了,维琴佐就滚到旁边一点,仰卧在冰凉的地板上,想缓一缓再起来。

"你们吃吧。"母亲说,她怀里还抱着弟弟。在一片混乱中,弟弟没有哭闹,好像他已经习惯了。几个哥哥马上变得很听话,阿德里亚娜重新摆好盘子,又回到桌前,看上去有些沮丧。只有我一个人被吓坏了,我从来没如此近距离地见过这种暴力场面。

我走到维琴佐身边。他胸口在快速起伏,呼吸十分急促,两道鼻血一直流到了张开的嘴里,一边的颧骨已经肿起来,手上沾满了酱汁。我把放在兜里的手帕递给他,他头转向另一边,没有接。我坐在他身旁的地上,他不说话,我像是他旁边的一个点。他知道我在那里,并没有赶我走。

"下次我要打破他的头。"父亲从桌子边站起来,从牙缝里挤出这句话。大家全都吃完了,阿德里亚娜开始收拾餐桌,弟弟开始闹觉了。

"吃不吃随你。"母亲从我面前经过时说,"但那些碗还得你洗,今天轮到你了。"她指着洗碗池里满满一池子碗对我说。母亲看都没看维琴佐一眼。

维琴佐站起来,去厕所洗了把脸,用卫生纸堵住鼻孔,就跑去上班了,事实上中午休息时间已经过去好一会儿了。

我把抹好洗洁精的盘子递给阿德里亚娜冲洗,她给我讲了维琴佐几次离家出走的情况。第一次是他十四岁时,在附近小镇的一次节日庆典之后,他跟着那些搭摩天轮的人走了。维琴佐帮他们拆游乐场的设施,他们出发时,他躲进了卡车货箱里。他们到达下一个目的地后,维琴佐从货箱里钻了出来,他害怕会被送回家里,但那些吉卜赛人把他带在了身边。那几天,维琴佐跟着他们在省里四处转,帮着安装和拆卸摩天轮。那些吉卜赛人把他送上回家的车时,送给他一件珍贵的礼物留作纪念。

"爸爸狠狠揍了他一顿,"阿德里亚娜说,"他留着一枚银戒指,上面刻着些奇奇怪怪的图案,那枚戒指就是昨晚你看到的那个朋友送给他的。"

"但我记得维琴佐没戴戒指啊。"

"他把戒指藏起来了,有时候他会戴上,用手把戒指转个不停,然后又藏起来。"

"藏在哪儿了?你不知道吗?"

"不知道,他会换地方。那肯定是一枚有魔力的戒指,一摸了那枚戒指,维琴佐就会高兴一阵子。"

"昨晚,他也是去吉卜赛人那儿睡了吗?"

"我想是的。他满脸喜悦地回来,就是跟他们在一起混过,他也知道之后会挨打。"

母亲叫阿德里亚娜去收晾在阳台上的衣服,比起阿德里亚娜要干的活儿,母亲让我做的家务活并不多,或许是她不想让我做,又或许是她忘了我的存在。可以肯定的是,她觉得我干不好,她这么想也没错。有时候,她的方言说得又快又含糊,我根本不明白她到底在吩咐我做什么。

"你还记得维琴佐第一次离家出走吗?"我问,这时阿德里亚娜来到厨房,放叠好的抹布。"母亲是不是很伤心?他们报警了吗?"

她眉头紧皱着,两条眉毛快要挤在一起了。

"不,他们没报警。爸爸开着车出去找他,妈妈没哭,也没嚷嚷。"阿德里亚娜说,她用下巴指着那边,母亲正因为什么事在骂一个哥哥。

8

为了给自己催眠,我回想起了大海。大海离我从小就住的地方只有几十米远,被送回这里之前,我一直以为那是我家。一条路把"我家"的花园和沙滩隔开,在刮西南风的日子里,妈妈会关上窗户,放下百叶窗,以防沙子吹进房间里。在我的房间里可以听到海浪声,海浪声慢慢减弱,睡意便来了。我在阿德里亚娜的床上回想着大海。

我给阿德里亚娜讲了我和爸爸妈妈在海滨路上散步的情景,就像讲童话故事那样。我们会一直走到城里一家很有名的冰淇淋店,妈妈穿着吊带衫,脚指甲上涂着红色的指甲油,依偎在爸爸怀里慢慢走,我跑到前面去排队。我吃的是什锦水果味的,上面有一层奶油,他们会吃奶油冰淇淋。阿德里亚娜无法想象会有那么多种口味的冰淇淋,我必须跟她说很多次,她才明白。

"这座城市在哪儿?"她焦急地问我,就像那是一个魔幻世界。

"离这儿差不多五十公里。"

"你得带我去一次,带我去看看大海,还有那家冰淇淋店。"

我跟她讲了我们在花园里吃晚餐的情景。我摆桌子时，栅栏外面，一些在海里游完泳的人走在离我只有几米远的人行道上，他们拖着木屐，边走边把脚踝上的沙子抖掉。

"你们吃什么？"阿德里亚娜问我。

"通常是吃鱼。"

"金枪鱼罐头吗？"

"不，不是的，有很多其他鱼，我们会在渔民手上买鲜鱼。"

我一边给她描述墨鱼的样子，一边用手指模仿墨鱼的触腕，还有在摊位上弓着身子垂死挣扎的皮皮虾。在海鲜市场里，我驻足观看那些虾，它们也盯着我看，皮皮虾尾巴上的两个深色斑点像是一双瞪着的眼睛。我和妈妈沿着铁路走在回家路上，购物袋里会发出窸窸窣窣的响声，那是皮皮虾在作最后的挣扎。

跟阿德里亚娜讲这些事时，我好像又吃到了妈妈做的炸鱼、塞满馅儿的鱿鱼、海鲜汤。不知道妈妈身体怎么样了，她是不是开始吃点东西了，是不是可以下床活动了，还是说在住院。关于她的病情，她什么都不愿对我讲，她肯定不想吓到我。我看到她最近几个月非常痛苦，连沙滩也没去。往年到了五月初，天气暖和起来了，她都会去海边。那年，在征得她同意后，我独自去了沙滩，待在我们家租用的太阳伞下，她说我已经长大了。在离开的前一晚，我也去了沙滩，和几个朋友玩得很开心。那时我没想到，我的爸爸妈妈真有勇气把我送回这儿来。

我浑身都晒黑了，只有泳衣覆盖的部位还是白的。那一年，我开始戴文胸了，我不再是一个小女孩了。我的几个哥哥也晒黑了，但主要是裸露在外面的部分，是在户外干活或玩耍时晒的。肯定是在初夏才脱了层皮，然后又晒黑的。太阳在维琴佐背上留下了褪不去的痕迹。

"你在城里有朋友吗？"阿德里亚娜问我。当时她有个同学从楼下院子路过，叫了她一声，阿德里亚娜从窗户和她同学打了个招呼。

"是的，我有，我最好的朋友是帕特里奇娅。"

春天，我和帕特里奇娅看中了一款两件式泳衣，那是在我们常去的游泳馆旁的一家商店见到的。她是游泳健将，我去游泳是有点儿迫不得已。进泳池之前，从泳池里出来时，我常常觉得很冷，我不喜欢泳池里的脏水，也不喜欢消毒水的味道。一切都变了之后，我现在很想念那地方。

我和帕特打算买同样的泳衣，想在沙滩上展示自己的身材变化。我们在同一周相继来了初潮，也几乎同时长了青春痘，在成长过程中，我们的身体受了彼此的启发。

"这件更适合你。"妈妈说,她站在货架中间,从一堆比基尼里挑出一件比较保守的。"而且胸部皮肤很娇嫩,你穿那件会被晒伤的。"我记得那天下午的每个细节,第二天妈妈就病了。

最后,我没买那套胸前和胯两侧扎了蝴蝶结的比基尼,帕特里奇娅也没要那套,她和我买了一样的款式。她常来我家,我却很少去她家,我爸妈担心我会染上她家人的坏德行。他们很乐观,但有点懒散、粗心大意。我们从来没在星期天的弥撒上见过他们,连复活节和圣诞节也没有,也许他们睡过头了。饿了时,他们有什么就吃什么。他们很疼爱家里的两条狗和一只猫,那只猫有点儿没教养,会爬到桌子上去偷吃的。我记得,我们俩曾单独在她家厨房做点心,把巧克力酱涂在面包上吃,尽管我知道这对牙齿很不好。

"这让我游泳更有劲儿。"帕特说,"你再吃一片吧,你妈又不知道。"

只有一次,我征得爸妈的同意,去她家睡了一晚。她父母看电影去了,我们边看电视边吃薯片,一直到很晚。我们没睡觉,从这张床挪到那张床,聊了一整夜,她家的猫躺在被子上打呼噜。我不太习惯这种自由,第二天回到家里,中午我在吃鸡胸肉时,差点儿睡着了。

"他们是不是给你吃什么药了?"妈妈担忧地问。

我告诉帕特里奇娅,我不得不离开了,她以为我在开玩笑。起初,她不能理解我的亲生家庭为什么在这个时候把我要回去,当我把知道的事讲出来时,我也觉得费解。我不得不把整件事从头解释给她听,突然间,帕特开始啜泣,浑身发抖。那时候,我是真吓坏了,她从来不哭,她的反应让我明白发生在我身上的事情很糟糕。

"你别害怕,你父母——我指的是你在城里的父母,不会同意把你送回去的。你爸是宪兵队的,他会有办法的。"她恢复平静之后,尽力安慰我。

"他已经反复说了,他无法阻止这件事儿。"

"你妈妈会崩溃的。"

"近来她身体不太好,也许是因为她知道自己不能再继续抚养我了。或者说,因为她病了,不想让我知道,所以才决定把我送走。我无法相信,一个我从来没见过的家庭现在会突然想把我要回去。"

"的确,你长得不像你爸妈中的任何一个,我说的是我认识的那俩。"

夜里我想到一个主意。第二天早上,在帕特里奇娅的太阳伞底下，我把这个想法告诉了她。我们完善了一些细节，这个计划让我们都很激动。午饭后，妈妈在房间里休息，我没有征得她同意就跑去找帕特里奇娅。那时候她又累又担忧，无论如何她都会同意我出去。

帕特给我开了门，她低着头，倚在门上。猫用尾巴在她腿上蹭来蹭去，帕特不耐烦地把猫踢开了。我不想进去了，她拉着我的手，把我带到她妈妈身边，她妈妈说我们的计划行不通。我们俩本来想着第二天从沙滩回来后，我就去躲一阵子，一个月或者两个月。要是我失踪了，我爸妈也许就会更用心地想出个法子来。我会给家里打电话，但只会打一次，就像电影里那样，只说几秒钟，告诉他们我的境况，好让他们放心。

"我不要去亲生父母那儿。我要和你们一起生活，否则我就去到处流浪。"

帕特的妈妈紧紧抱着我，她对我依然怀有平日的情感，不过新添了一丝尴尬。她把沙发腾出点地方，让我坐在她身旁。她把猫撵开了，这时候，猫不应该出现在那儿。

"我真的很抱歉，"她说，"你知道我多想把你留在身边，但这不可能。"

9

"你在城里过得不开心吗？"维琴佐突然问我。

当时我们在那栋楼的地窖里。靠着墙壁杂乱地堆放着一些破篮子，受潮的纸板，一张破了洞的床垫，从床垫里露出一些羊毛絮。一个没头的布娃娃被丢在角落里。地窖中间有一块很小的空地，我们几个孩子在那里剥番茄，把番茄切成块做罐头，我的动作最慢。

"这位大小姐从来没干过这种活儿。"其中一个哥哥捏着嗓子嘲笑我。

当时母亲不在，她上楼拿东西去了，弟弟把一只手伸到垃圾桶里，拿了些番茄皮塞到嘴里。

"那你为什么回这儿来呢？"维琴佐用沾满番茄汁的手指着周围，继续追问我。

"这又不是我决定的。我妈妈说，我长大了，亲生父母想把我要回来。"

阿德里亚娜看着我，很仔细地听我说话，她切番茄时不用看手里的刀。

"真是的!根本就不是这么回事儿,这儿可没人想要你回来啊。"塞尔焦说,他说话最恶毒了。他对着外面喊了一句:"妈,是不是你把这个笨蛋要回来的啊?"

维琴佐用手肘顶了塞尔焦一下,塞尔焦大笑着从他坐着的木箱子上摔下来,把木箱子给弄翻了。他的一只脚碰到了已经装得半满的盆子,有几颗剥了皮的番茄掉在了满是灰尘的水泥地上。我想都没想,打算把掉在地上的番茄扔进垃圾桶里,阿德里亚娜眼疾手快,从我手里把番茄抢了过去,动作就像成年人那么麻利。她用水冲了冲,甩了甩,把它们放到了锅里。她转过身看着我,没说话,用她的目光问我:不应该浪费任何东西,明不明白?我点了点头。

母亲回来了,手里拿着一些用来装番茄酱的干净瓶子。她在每个瓶子里都放了一片罗勒叶。

"噢,你今天例假来了吗?"她忽然问我。

我感到羞愧,很小声地回答了她。

"嗯?来了还是没来?"

我摆摆手表示否认。

"那就好,要不然在这里会把衣服打湿。如果你例假来了,有些事情是不能做的。"

楼房外面的土坡边上生了一堆火，火上架着一口大锅，装在瓶子里的番茄酱被放在火上蒸。维琴佐带了半袋玉米棒子过来，他边走边看身后，别人问他从哪儿弄来的玉米，他假装没听见。我们把玉米须和玉米叶剥了下来，里面的玉米粒很嫩，一掐就会出水。我看着其他人，学着他们的动作把玉米剥出来，一片叶子边儿把我细嫩的手划破了。

维琴佐把玉米放在没烧尽的炭火上烤，还时不时徒手给玉米翻面，他动作很快，手指上满是老茧。

"把玉米烤焦点儿，会更好吃。"他斜视着我，微笑着跟我解释。

塞尔焦本以为第一个烤熟的玉米是他的，但维琴佐把烤好的玉米棒子在他面前晃了晃，然后递给了我，我被烫了一下。

"活该！"塞尔焦小声嘀咕着，等着维琴佐把玉米分给他。

"我只吃过几次玉米，都是煮的，但烤的更香。"我说。

没人搭腔。我静静地帮着阿德里亚娜清洗盛放番茄的盆子罐子，然后把它们重新放回地窖里。

"别理塞尔焦，他就那德行。"

"也许他说得对，可能并不是父母想把我要回来。我现在可以确定，因为我妈妈病了，我才会被送到这儿来。我敢打赌，她康复后会来接我的。"

10

亲爱的妈妈或阿姨，

  我现在都不知道该怎么称呼你了，我想回到你身边。我在这里过得很不好，我的亲生父母并不欢迎我，他们反而觉得我是一位不速之客。我是所有人的负担，对于他们来说，只是多一张嘴吃饭而已。

  你反复跟我说，个人卫生对于一个女孩来说是最重要的，然而我要告诉你，在这里连洗澡都很困难。我们两个人睡在一张小床上，床垫散发着难闻的尿骚味。还有几个年满十五岁的男孩和我们住在同一个房间里，这肯定是你无法接受的。我不知道住在这里会发生什么。你每周日都要去做弥撒，去教区传授教理，你不能把我丢在这样的环境中。

  你生病了，却不愿告诉我你得的是什么病，我已经长大了，我可以在你身边帮你。

  我知道，我出生在一个贫穷的家庭，有很多兄弟姐妹。为了让我有好的生活,你在我小的时候就领养了我。我要告诉你,这里什么都没变。要是你还在乎我,就让叔叔接我回去,否则说不准哪天我会从窗户跳下去。

另外,在你们强迫我离开的那天早晨,抱歉我没去和你告别,但很感谢你在手绢里塞的五千里拉[1],现在剩下的零钱足够买信封和邮票了。

我从横格笔记本上撕下来一张纸写信,信写好后,我忘了署名。我把信投进烟草店旁边的一个红色邮筒里,数了一下剩的钱,够买两根冰棍了,我买了一根薄荷味的给自己,一根柠檬味的给阿德里亚娜。

"你把信寄给谁了?"她一边舔着从冰棍上撕下来的包装纸,一边问我。

"给我在城里的妈妈。"

"那不是你妈妈。"

"好吧,是给我阿姨。"我有些不耐烦地说。

"是的,她是爸爸的远房亲戚。准确地说,她丈夫是爸爸的一

1.意大利、马耳他等国的旧本位货币单位。

个远房堂弟，就是带你来的那个人，他是宪兵队的。但有钱的人是他妻子，是她在为你作打算。"

"你怎么知道？"我问，浅绿色液体顺着木棍流到了我手上。

"昨晚，塞尔焦要打我，我藏在了父母房间的衣柜里，后来就听到了他俩的谈话。似乎这个叫阿达尔吉莎的女人还打算送你去读高中，你真可怜啊。"

"他们还说了什么？"我问她，我把冰棍倒着拿在手上，这样冰棍融化的水就能从顶部滴下去了。

阿德里亚娜摇摇头，从我手上夺过冰棍。她把整根冰棍舔了一遍，不耐烦地还给我，让我吃。

"他们反复说，她现在情况很麻烦。"

我把剩下的冰棍全部塞进嘴里，心不在焉地吸了一阵子，直到它变成一个掉了色的冰冷幽灵。

"给我。"阿德里亚娜生气地说，她把冰棍接过去，小口地咬着。

我问邮递员，寄一封信到城里要多久，我把来回的时间都算了，还预留了一天写回信的时间。我开始等待回信，每天早上十一点之后，我就坐在矮墙上等，其他孩子在空地上追逐打闹或是玩游戏。九月阳光和煦，我在阳光下坐着，晃动着双腿。有时候我会想，过不了一会儿，信虽然没到，当宪兵的"叔叔"却来了。以前我一直以为，他就是我爸爸。他会开着他的灰色汽车，把我接回去，我会原谅他做的一切，原谅他以前没有反对把我送回来，也会原谅他把我甩在马路上。

或者说他们俩会一起来，妈妈的病好了，她去平时去的那家理发店烫了头发，然后来接我。之前我也是在那里剪头发，可现在我的刘海已经遮住眼睛了。她脖子上会围一条春秋季常围的柔软丝巾。

"你在等什么？情书吗？"邮递员开玩笑说，他在皮质邮包里没有找到我的信，这让我很失望。

午后，一辆面包车停在了蔚蓝的天空下，司机从车上下来，问收货人住在哪层，收货人一栏写的是我母亲的名字。他开始把一些打包好的东西卸下来，院子里的男孩子马上停止了游戏，来帮他把那些东西抬上楼。我们都很好奇，那人却不说箱子里装的是什么。

"小心，小心那些棱角，等我组装好了，你们就能看出是什么东西了。"他对几个已经有些迫不及待的孩子说。

"姑娘们睡哪儿？"他问，像是按照别人的指示在做。

我和阿德里亚娜面面相觑，给他打开了房门。几分钟工夫，他就在我们眼皮底下搭好了一张架子床，有梯子，还有新床垫。他把床推向墙壁，还在床外侧摆了一道屏风，屏风是由三块遮板组成的，可以折叠。我在信中提到的事情还没一一兑现，他又去楼下拿了点东西。

"谁定了这些东西？谁付钱啊？"阿德里亚娜像是从梦中惊醒，

突然有些担心,"爸爸还欠人钱呢。妈妈去哪儿了?"

吃过午饭,母亲和弟弟就不见了,她什么都没跟我们说,也许是去邻居家聊天了。

"爸妈没把钱留给我们。"妹妹对那个男人解释说,一群小毛孩跟在他身后,帮着他搬了几个大箱子上来。箱子里面有两套彩色被单和枕套,一床羊毛毯子,还有一床稍微薄一点的被子,这些东西应该是为一张床准备的。还有几块香皂,几小瓶我最爱的洗发水和灭虱药,总之都是些我用得着的东西。另外还有一小瓶妈妈用的香水,她知道,早上我去上学时会偷偷喷一点。

"东西已经付过钱了,需要一个大人在收据上签字。"

阿德里亚娜模仿父亲的字迹签了名。我们俩单独在房间里,她说她要睡上铺,然后又说要睡下铺,接着又回到上铺。她脱了鞋,在梯子上来来回回。我们把已经变形的旧床和散发出难闻气味的床垫抬到了楼梯平台上。

"我怕我又尿在新床上。"

"她买了一条防水裤,你穿上吧。"

"谁买的?"

这时母亲进来了,弟弟头搭在她肩上睡着了。阿德里亚娜扯着母亲的衣襟,急于想给她展示所有新东西,但母亲并不觉得意外,看到女儿如此激动,她甚至有些生气。她带着一种不露声色的满意,看了看新床和其他东西,然后又看了看我。

"这些东西是你阿姨寄给你的,她是个仔细的人。不知道你跟她说了我们什么啊。昨天,我用公用电话和你阿姨聊过,阿达尔吉莎太太把电话打到了埃尔内斯托的小卖部。"

我和阿德里亚娜可以睡在崭新的床垫上,还有屏风和外面隔开,这个特权在第一天晚上就给我们招来了麻烦。家里几个男孩藏在那玩意后面——他们把屏风叫做"那玩意"——突然大叫起来吓唬我们。他们把屏风弄倒了很多次,仅仅一周,屏风上本来紧绷的布就被扯烂了几处。他们把头从破了的地方伸进来,对着我们乱叫。我和妹妹眼睁睁地看着我们独立的小世界遭到破坏,抗议也无济于事,父母根本不管。我曾经是家里的独生女,爸爸妈妈并没有教会我如何保护自己,在遭到攻击时,我很愤怒,但却无可奈何。塞尔焦从我面前走过,我很奇怪他没有因为我默默诅咒而跌倒。

只有维琴佐没跟着他们起哄,捉弄我们。他时不时会对着其他几个兄弟大喊,让他们别闹了,他们这样闹腾,让他很厌烦。我们把破得已经无法用的屏风放到地窖里去了,维琴佐久久地看着我,晚上睡觉前和醒来时,他都会盯着我,就像好久没看到我的身体一样。夏天已经快要结束了,但天气还是很热,我们都穿得很少。

新床让阿德里亚娜很激动,无论睡在上铺还是下铺,她都睡不着,我们就这样不停地换床。无论我睡在哪儿,她都会在晚上不同时间来到我身旁,紧紧挨着我睡下。但防水裤只有一条,没多久,阿德里亚娜又不由自主地尿床了,把两张新床垫都尿湿了。

11

一天夜里，我睡在双层床上铺，梦见住在海边的妈妈去世了。当我见到她时，她不像在生病，只是比平时苍白一些。不知道从什么时候开始，她下巴上那颗长着汗毛的红痣开始慢慢褪色，在几分钟内就变白了，变得和周围的脸色一样苍白。她的胸脯不再起伏，她停止了呼吸，眼睛也不再转动。

我亲生母亲陪我去参加葬礼。可怜的阿达尔吉莎，可怜的阿达尔吉莎，她两只手握在一起，不停地说。后来她被带走了，因为她穿着一双脱线的化纤袜子，不能参加葬礼仪式。我是死者唯一的女儿，我一个人站在前面，身后有一群赶来参加葬礼的人，他们都穿着黑色的衣服，完全没办法辨认出谁是谁。殡仪馆的几个人正用绳子吊着棺材，往刚挖好的墓里放，棺材太重了，绳子和棺材棱角相互摩擦发出吱吱扭扭的声音。我可能走得距墓坑太近，脚下的草地滑了一下，我掉到了棺材上，妈妈就在棺材里。我趴在那儿一动不动，像是失去了知觉，也许没人看见我。神父念着单调的祷词，往我身上洒了些圣水。人们开始用铁锹把挖出来的土填回坑中，完全听不到我的哭喊，最后，有人用力地抓住了我的一条胳膊。

"要是你再像个疯子一样大喊大叫，我就把你从窗户扔出去。"塞尔焦在黑暗中摇晃着我的身体，威胁我说。

我没法再睡着了。在冷清的夜色中，我一直注视着月亮，直到它消失在墙壁后面。

夜里的噩梦是我焦虑到极点的体现。我睡一小会儿就会突然惊醒，我很确定有灾难降临，是什么灾难呢？我在记忆中摸索着，猛然想到了妈妈的病，在夜里，她的病情可能会加重，迅速恶化。白天我还能控制自己，相信她会好起来，我就能回家。夜里，我会梦到她病情恶化，最后死去。

只有一次，我下去睡在阿德里亚娜的身旁。她没醒，迷迷糊糊地把脚挪到了平时我们一起睡时放的位置来迎接我，但我想和她头挨头睡在枕头上。我抱了抱她，想获得一点安慰。她身体那么小，瘦巴巴的，头发散发出一股油腻的味道。

我拥抱着妹妹，莉迪娅的面孔就像床单上的红色花朵一样浮现在我的记忆中。她是我那位宪兵爸爸的妹妹，很年轻，我都没法叫她姑姑。我们一起在我爸爸妈妈家生活了好几年。一开始，我想到了她的房间，她住在过道最里面的那间房，房间是狭长形的，能看到大海。下午，我会很快做完作业，然后我们一起用收音机听歌。她想到失去的某个男子，会很痛苦，会捏着拳头放于胸口，喘着气，悲伤地重复一些情歌的歌词。她父母把她从镇上送到哥哥家来，是想让她呼吸一下海边的新鲜空气。

我和莉迪娅单独在一起时，她会穿上她藏在衣柜里的超短裙和软木底高跟鞋，把碟机开到最大声。她在饭厅跳现代舞，闭上双眼，扭动身体。不知道她从哪儿学来的。夜幕降临她就不能出门了，但有时她会心血来潮，从窗户上跳出去。每天晚上我都需要她，因为我一躺下，背就会痒，我自己挠不到，莉迪娅会过来帮我挠背，然后坐在我床上。她数着我消瘦的脊椎骨，并为每一块脊椎骨编一个故事。她摸摸这块，摸摸那块，为最突出的几块取名字，让它们像几个老太太那样聊天。

"我被录用了。"一天她回来时说。

在我被送回亲生父母身边之前，我就失去她了。那是在"格兰迪"百货公司，一天早上，我们很早就去购物了，我在试一件有鱼和海星图案的汗衫。她跟店员说，她想跟经理谈话。我们等了一会儿，经理来了。经理把我们领进办公室，莉迪娅马上从包里掏出一张文凭，那是一张公司文秘专业的结业证书。她请求在百货公司工作，做什么都行。她坐在书桌前，我就站在她旁边，她偶尔会摸一下我的手臂。

很快,他们打电话让她去上班,并告知她有一个短暂的试用期。一天晚上,她回来了,手上颤巍巍地捧着一套制服,第二天她就得穿上它。她穿上制服,在客厅里来回走动,那套制服是蓝白相间的,领口和袖口都很笔挺。她和她哥哥一样,也有了自己的制服。她穿着制服,不停转圈,给我们展示扬起的裙边。当她停下来时,周围的世界不再围着她转,我也不再看着她了。

很快,她就从售货员变成了收银员,一年之后就晋升为部门经理,她回家越来越晚。后来,她被调去了公司总部工作,距离我们住的地方有几百公里远。她有时给我写信,但我不知道回些什么。没错,我在学校一切都好。当然,我和帕特里奇娅依然是好朋友。我在泳池里学会了翻筋斗,但游泳时仍然会觉得冷。起初她会给我寄明信片,上面印着那座城市的一些景点,后来就再也没寄了,可能没有别的景点了。我在绘图本上把太阳涂成了黑色,就像我的心情一样,老师给家里打电话,问我们家是不是有人去世了。因为不再和莉迪娅一起了,我把时间都用在认真写作业上,我的成绩都是满分。

八月她回来度假,但我很怕和她待在一起仍然会很高兴。我们去了往年去的海滩,虽然她涂了用员工专享折扣买的防晒霜,但还是被晒伤了。她用一种很矫揉造作的北方口音——那是迁居到北方的人特有的——和以往海滩上的那些熟人说话。我要是她，都会觉得羞愧。

在他们决定把我送回来之前，我见过她一次。她摁响门铃，我打开门，看到一个陌生人站在眼前：她把头发烫了，还染了色，我没认出来。她领了一个小女孩来，那个女孩不是我。

夜里，我和阿德里亚娜在一起，想着莉迪娅没准儿能救我，也许她可以把我带到北方去，让我在她那儿待一阵子。但她已经不在那座城市了，我不知道她的下落。这时候就想着有人来救我，还太早了点。

12

就在我走进房间时,几个哥哥关了灯,跳上床,塞尔焦让另一个哥哥闭嘴,但他还是用枕头蒙着脸笑出了声。维琴佐下午就出去了,阿德里亚娜还在客厅,抱着弟弟。我摸黑脱掉衣服,默默地钻进了被窝。突然我的脚探到了一个热乎乎、毛茸茸的活物,它在动,不停地拍打着翅膀。我发出一阵尖叫,感觉有东西在啄我的脚踝,两个男孩大笑起来。我不知道自己是怎么摸到电灯开关的,打开灯后,我转身看着床上,一只鸽子正在上面跌跌撞撞地转圈,扑棱着那只完好的翅膀,好像展开这只翅膀就能飞似的,另一只翅膀从根部断掉了。它把屎拉在了我的新床单上。它拍打着翅膀,挣扎着来到床垫边缘,掉到了地上。

几个哥哥都坐了起来,用手使劲拍打着大腿,笑出了眼泪。鸽子掉在地板上后,仍然拼命挣扎,想要飞起来。塞尔焦笑累了,他抓起鸽子那只好翅膀,把它从窗户扔了出去。鸽子的另一只翅膀肯定是塞尔焦弄伤的,我确信是他干的。

我对着他大吼,说他是个魔鬼,用指甲使劲抓他的脸,在他脸上留下很深的指甲印,那些伤口很快就见血了。他并没有防御,也没有打我,他一边笑,一边提高嗓门说我可弄不疼他。另一个哥哥像只猴子似的在床上跳来跳去,一边学鸽子叫。

父亲过来看发生了什么,他还没弄清楚状况,就给了两个儿子每人几巴掌,好让他们安静下来。按照一条不成文的规定,几个男孩子长大了,母亲没那么大力气教训他们,总是由父亲来动手。母亲只管阿德里亚娜,每天或多或少都会教育她一下。

"这只是一个玩笑。"塞尔焦辩解说,"一到晚上,她就莫名其妙地尖叫,而且会把我们吵醒。我就想看看,她害怕时会怎么叫。"

第二天,我帮母亲叠晾干的床单。

"你要留心那些臭虫,"母亲一边说,一边用手弹开了一只绿色的臭虫,"我不知道为什么,它们喜欢钻进晒好的衣物里。"然后,她很自然就把话题从臭虫转移到了几个孩子上:"老二打出生起,性格就很拧巴;另一个虽然时不时会离家出走,但本性并不坏。"

"他们不喜欢我待在这个家里,就老欺负我。你们为什么不把我送回我以前待的地方?"

"塞尔焦慢慢会习惯的，你也尽量别在晚上睡觉时大喊大叫，这会让他很烦躁。"

她手里抱着一堆衣服，停了一会儿。她看着我的眼睛，那是很少有的时刻，她好像有什么心事。

"你还记得吗，我们在一场婚礼上见过？那时候，你只有六七岁。"

她的话让我突然想起一些往事。

"我记得一点儿，只是现在你穿着家常的衣服，和当时不大一样，那次你很优雅。"我承认说。

"你不知道，我在很多场合都穿过那套衣服。后来我突然发胖了，害怕会把衣服的线缝撑开。"她微笑着说。"那是六月的一个星期天，那对新人花了很长时间拍照，"她开始说，"我们都饿了，三点了，我们还在餐厅里找座位。我一转身突然就看到了你，当时我都快认不出你了，你长大了，也变漂亮了。"

"谁告诉你那就是我？"

"最开始是我的直觉，后来我看到阿达尔吉莎也在那里。她正和一个亲戚聊天，并没马上看到我。我叫了你一声，你抬起头，嘴巴大张着，有些惊讶，也许是因为看到我在流眼泪。"

如果放到现在，我会询问母亲那次见面的每个细节，但当时我心里太乱了，什么都没有说。她把衣服放在一张凳子上，接着说：

"阿达尔吉莎一看到我，就过来挡在我们中间。你把脑袋从她身后探出来，好奇地看着我。"

当时我瞥见她额头上的一撮白发，那是她那个年岁不该有的，但就像是她特有的一个标记。我被送回到她身边之后，她头发里过早冒出来的那撮白发，已经混在她灰白的头发里，没那么明显了，直到最后满头白发。

婚礼那天，我还什么都不知道。我的两位父亲是远房堂兄弟，他们是一个姓。在我断奶的那个月，两个家庭就这样决定了我的生活，我被领养了，只是口头上的，没有书面协议，他们不知道，他们的漫不经心会让我付出多大的代价。

"那时候你还小，我不能说太多，但是我说了你阿姨一通。"

"为什么？"

"阿达尔吉莎信誓旦旦地说，你们会经常来这儿找我们，两家人一起把你带大。然而，我们只在你满一岁时见到过你，而且是我们自己去的城里。"她好大一阵子说不出话来，"之后你们搬家了，也没人通知我们。"

我很专心听她讲，但我不愿相信她的话。在我刚来的那天，阿德里亚娜也说过，她不相信她妈妈。

"她找了一个借口,说她小姑子莉迪娅生病了,她不能丢下不管,但刚说起这事,莉迪娅就过来和我打了招呼,她很漂亮,身体也很健康。"

"莉迪娅有哮喘,有时候要送去急救。"我干巴巴地回了一句。

她看着我,没再说什么,她明白我是站在谁那一边的。她把放在凳子上的衣服拿起来,抱到房间里去了。

13

我寄出去的信没有得到回复，我的两对父母应该是达成了某种协议，而我对此一无所知。每个星期六，我亲生母亲都会给我一点钱，不知道这些钱是怎么从我住在海边的妈妈那儿拿来的。我把钱紧紧握在手里，有时她拿给我的钱会少一点，可能被克扣了。但我很肯定，远方的妈妈身体正在康复，情况在好转，她一定非常惦记我。我觉得，我收到的这些钱，一枚枚一百里拉的硬币里还保留着她手掌的余温，就好像她真的抚摸过那些硬币。

我给阿德里亚娜使了一个眼色，我们就一起去了埃尔内斯托的小卖部。我打开冰柜，在白色的雾气中，寻找我要的冰棍。我选了巧克力味的，她要的是酸樱桃味的，我们和那些专心玩牌的老头一样，坐在外面的桌子边吃冰棍。我把剩下的钱放好，有时候也会给朱塞佩买个奶嘴，他经常会把奶嘴弄丢。

几个星期之后，我就存够了买几张车票和几个三明治的钱。我告诉阿德里亚娜，我们可以进城了，她有些震惊。我们鼓动维琴佐陪我们一起去。上楼吃晚饭前，他在院子边上抽完一支烟，闭着眼睛把烟气吐出来，像在思考。最后他说：

"行吧，但家里任何人都不能知道我们要去哪儿。"他出人意料地答应了。"我们就说，你俩和我一起去乡下做工，这样他们就不会太在意。"他鄙夷地看了一眼三楼，又补充了一句。

清晨，我们坐上了去城里的车。阿德里亚娜从来没进过城，维琴佐也只到过一些郊外的居民区，他的吉卜赛朋友在那儿搭建过摩天轮。车站离我之前去的浴场只有几步远。过去，每年夏天我都是在那儿度过的。我和妈妈涂上防晒霜，待在遮阳伞下，看着熙熙攘攘的人群朝一片公共海滩走去，因为私人海滩都是用绳子圈起来的。夏末那几天，我们本应该待在沙滩上，一颗一颗地品尝着妈妈带来的葡萄，当作午后零食。

时间还太早，沙滩上一个人也没有。人行道和水吧入口间的通道上，有一个新来的女孩正在拖地。一个救生员一把一把地撑开黄绿条纹的遮阳伞。我们的伞在第一排，但他并没有撑开，好像知道我们不需要。

"嘿，你来啦，你们去哪儿了？"他从我身边经过时问，"我都没怎么看见你们，你妈妈也没再来了，你们是去哪儿度假了吗？好吧，我赶紧去把你们的七号伞撑开。"

因为好久没人坐了，躺椅发出吱吱嘎嘎的声响。那个救生员穿着一件褪色的背心,他看着跟我一起来的两个人,他们俩在离我几米远的地方,和平时的顾客看起来不太一样。

"这是我的表哥和表妹,他们住在山里。"我轻声对他说。

也许,维琴佐和阿德里亚娜没听见我说什么,因为他们坐在岸边,面对那么多新鲜事物,就连维琴佐都有些羞怯。细小的浪花有气无力地拍打着海岸,没有泡沫,也没有声响。太阳刚刚冒出地平线,红嘴海鸥还停在岸堤上。

"如果海水漫上来,我们会淹死吗?"阿德里亚娜有些害怕地问。她满脸惊异,用手抓起沙子,让柔软的细沙在指尖流动。我们脱了衣服,她穿着一件我已经穿不了的泳衣,维琴佐穿了一条平时穿的短裤。我们把衣服挂在遮阳伞的伞架上,其中一根伞架上绑着一条发带。我用咬得参差不齐的指甲费力地把它解了下来,放进包里。这条发带我用了好多年,我以为丢了。我还很小的时候,妈妈为我梳头,她用这条发带给我扎头发,还用手轻轻抚摸我的脸颊。每天早上,她都会坐在我的床边,我背对着她站着,让她给我梳头,金属梳齿在头发间发出的声音十分悦耳。

妹妹害怕海水会把她卷进去,连脚都不愿意沾水。她蹲在一块海浪打不到的地方,下巴贴着膝盖,盯着蔚蓝的海水。我不声不响地潜入水下,憋一口气游了一段距离,没有在水面上激起波澜。

我把头露出来，看到沙滩上挤满了早起的人，阿德里亚娜站了起来，在等我游回去。维琴佐铆足了劲助跑，一头扎进水里，溅起的水花洒向空中。他和他的伙伴在河里学会了游泳。他奋力向我游过来，手臂非常有力，但节奏有点儿乱，在海面上划出一道波纹。快靠近我时，他消失在水下，突然用脖子架起我的双腿，把我顶出了水面，他头露出海面，不断朝周围吐唾沫。这时候，我一点儿也不觉得冷。

"你带我们来这儿，真是太棒了！我要多玩一会儿。"他说。

他游走了，在水里倒立、翻筋斗。他好几次搂住我的腰，很快又放开，好像我是一个玩具。他笑了，海盐让他的牙龈有些发白。一不小心，我的一只脚碰到了他的两腿中间，他那里肿胀着，很坚硬。他用双手捂住我的耳朵，吻我的双唇，把舌头伸进我嘴里，在里面搅动。他已经忘了我们的关系。

我不慌不忙地游走了，没有感到一丝厌恶。只是到了岸边，我意识到我的心跳仍然无法平息。阿德里亚娜还坐在那儿，就像我离开时一样。时间并没有过太久，但世界看起来不大一样了。我躺在她旁边的沙滩上，等待内心恢复平静。

"我饿了。"阿德里亚娜哼唧着说。

我包里有三明治，但为了让她高兴，我把她带到水吧里，用剩下的最后一点钱给她买了一小块比萨和一杯可乐。我们回到遮阳伞下，维琴佐疲惫地从海里走上岸，像是一位下凡到人间、在海上只待了一天的粗野神仙。我还记得他迈着疲惫的步伐，大海在他身后澎湃。有人在看他，他的短裤太贴身了，而且穿得很低，能看到他肚子上的一撮毛。那时候已经是夏末了，沙滩上没有那么多人来消暑。在这片我从小玩到大的沙滩上，我已经成了一个外人，我尽量避免让那些熟人认出来。在接下来的几个小时里，我和维琴佐也在相互回避。我把三明治放在他看得见的地方，什么话也没说。我陪阿德里亚娜去荡秋千，然后找一个借口离开了。

穿过马路，走到路对面去，就能到我家。我从花园的围栏向里看，眼前一片荒芜的景象。一张椅子被风吹翻了，我们以前在户外吃晚饭的那张桌子，有几片叶子落在上面。玫瑰花的刺勾住了一块抹布，玫瑰是妈妈最爱的植物，五月的时候，出门前她会在胸前别上一朵玫瑰花苞。草长得很高，花儿枯死了。我拖着沉重的脚步，走到了栅栏门外。也许有人会定期来取信，所以邮箱里并没有塞满信，我的信也被人收了。花园里的小路上有西南风吹来的沙子，百叶窗也都放下来了，就像我们去度假时的样子。我的自行车还停在雨棚底下，一个轮胎已经瘪了。屋子空荡荡的，我按了门铃，等了一会儿，没人应答，我又按了好多次，但都没用。我额头倚在按钮上，就这样一直待在那儿，直到热得受不了了。我冒着被车子撞到的危险，跑了回去，坐在更衣室的阴凉处。

就像我梦到的那样，她一定是死了，和她的郁金香一样，否则她不会丢下这所房子。但是，是她给我寄的那张架子床，还有其他东西，我亲生母亲说，她们还通了电话。那么，她为什么不和我也说说话呢？她在哪儿？也许是在一家很远的医院里，她只是不想让我从她的声音里听出，她生着很重的病。也有可能是我爸爸调到别的城市去了？他说过是有可能的。不，他们去任何地方都会带上我。莉迪娅知道这件事吗？她知道的话，为什么不来找我？但他们并不经常联系，在去北方之前，莉迪娅做了一件不得体的事，也许我妈妈还没有原谅她。

莉迪娅认识住在我们对面那栋楼顶楼的一个舞女，她叫丽丽·罗斯，有时她俩会隔着花园的栅栏门悄悄聊天。丽丽·罗斯在海边一家夜店工作，下班后她会一直睡到下午。有时候，一些穿着得体的绅士会谨慎地摁响她家的门铃。妈妈不准莉迪娅和丽丽·罗斯来往，连打招呼都不能，怕她被带坏了。

一个星期天，天气很闷热，爸妈把我们留在家里，出去参加葬礼了。丽丽·罗斯过来问我们家有没有停水，她家的水管里没水了。她前一天晚上化的妆有些花了，脸色看起来很憔悴，眼睛上还耷拉着一缕掉了色的头发,身上穿了一件很暴露的衣服。莉迪娅让她进来,请她喝了杯冷饮,然后让她在家里洗澡。丽丽·罗斯光着脚从浴室走出来,身上还在滴水,她穿了一件我妈妈的浴袍,前面半开着。

她们伴随着碟机播放的缓慢而性感的音乐,在客厅里跳起舞来,开始还有些拘谨,后来抱得越来越紧。丽丽·罗斯扭着屁股,还教莉迪娅要怎么扭,胯部怎么向前,紧贴男人的身体。丽丽·罗斯从浴袍的开衩处伸出腿来,在莉迪娅的腿上蹭来蹭去,比画一下,她们都笑了起来。时间一分一秒地过去,我盯着门口看,觉得有些不安,但她们却没有。她们把茶几挪开,跳起了节奏感很强的舞蹈,就像着魔了一样。莉迪娅把被汗水浸湿的汗衫脱掉,只剩下短裤和胸罩。跳完一张碟片的曲子后,她们俩气喘吁吁地瘫在了沙发上,一个人躺在另一个人身上。丽丽·罗斯系在腰间的带子松了,她的身体裸露出来。

妈妈提前从葬礼上回来了,发现她们俩就这样躺在那儿。

我待在更衣室后面。阿德里亚娜在漫无目的地走着,她突然看到了我,眼里满含泪水。也许她是从秋千上飞出去了,还没把嘴和鼻子上的沙子擦干净。在那个陌生的环境中,她显得手足无措,她没能找到第一排的那把遮阳伞,我离开前让她和哥哥一起在那儿等我的。

"我不是自己从秋千上摔下来的,是那些孩子把我推下去的,"在我们找到哥哥后,她抱怨说,"他们说,我从没来过这片沙滩,我不能在这里荡秋千。"她给哥哥指了指那些在游戏区玩耍的小孩。

他像一头愤怒的公牛一样走过去,我不知道他们是否有言语上的交流,还是说直接就打起来了。当我和阿德里亚娜赶到时,那群孩子已经在地上打滚了。他们浑身都是沙子,联合起来打一个人,那个人就是我们的哥哥。我们叫来了浴场的老板,他吼了那群孩子,把他们拉开了。然后,他单独跟我说,别再把那个穿短裤的男孩带来了。他是谁呀?简直像个吉卜赛人。一户正经人家,怎么会有这样的亲戚呢,毕竟我爸爸是宪兵。

维琴佐去浅滩处洗了洗,并没有下水游泳。午后,旁边伞下的人在吃哈密瓜,他们边吃边看着我们。一个男人吹着口哨,沿岸边走过,一边走,一边大声吆喝:新鲜的椰子。

"他在卖鲜鸡蛋吗?"阿德里亚娜吃惊地问。

"不,那是一种外来水果。"我说,但我身上的钱不够了。

妹妹好奇地朝那人拎着的桶走去,那人对我妹妹微笑了一下,给了她一小块,让她尝尝。

我们穿好衣服,朝公交站台走去,有那么一刻,我好像听到身后有人舒了一口气。透过车窗,我向帕特里奇娅住的那栋五层楼的房子告别,并默默许诺会回来找她。

"我去找几个朋友,坐晚点儿的大巴车回去。"维琴佐说。在郊区的某个车站,他突然起身下了车。透过沾满灰尘的窗户望出去,我看到他走在人行道上,有些疲惫,我不知道自己对他怀有怎样的情感。司机再次发动汽车,维琴佐把食指放在嘴上,我不知道他是想给我一个飞吻,还是想告诉我要保守秘密。

一路上阿德里亚娜都在睡觉,我们到了镇上她才醒。夜里她抱怨身体被晒伤了,很是苦恼。家里没有人注意到她身上的晒伤,母亲只是问我们有没有从乡下带点水果回来。维琴佐两天后才回来,父亲并没惩罚他,也许父亲根本没有意识到他失踪了两天,或者他已经放弃管教这个儿子了。

14

"你下来,到地窖后面来,我给你看样东西。"维琴佐在窗户底下叫我。

过了一会儿,我和阿德里亚娜一起下去了,他很不满地看了我一眼。

他打发阿德里亚娜去广场上给他买烟,说剩的钱归她。维琴佐兜里应该有不少钱,他在裤兜里掏硬币时,掉了一张纸币出来。他看了我一眼,打消了我要跟着阿德里亚娜同去的想法。

"她还太小,守不住秘密,"阿德里亚娜转过屋角消失后,他说,"你在这儿等我一下。"

他很快就回来了,疑神疑鬼地看着他身后,看了这边看那边。他从腋窝底下掏出一个蓝色的丝绒小袋子,跪在地上,打开袋子跟我展示他的宝贝。他把那些东西摆在楼后面的水泥地面上,排成一排,就像在珠宝店的柜台上那样。这些首饰色泽有些黯淡,应该是用过的。他小心翼翼地解开两条缠在一起的项链,把它们紧挨着放在一起。最后他很满意地看着他展示出来的东西,有手镯、戒指和项链，有的项链带挂坠，有的不带，然后他扭过头来看着我，想看看我的反应。我没说话，一副担心的样子，这让他很惊讶。

"怎么了，你不喜欢吗？"他站起来，失望地问我。

"你从哪儿弄来的？"

"不是我弄来的，是他们给我的报酬。"他解释说，像个生气的孩子一样噘着嘴。

"这些东西值不少钱。就两天时间，你不可能挣这么多钱。"

"我走之前，那些朋友想感谢我，就送给我了。我之前不计回报地帮了他们很多。"

"你打算拿这些东西怎么办？"我又问了一句。

"再卖出去。"他又跪到地上去捡那些首饰。

"你疯了吗？要是他们抓到你卖偷来的东西，会把你关进少管所的。"

"噢……你怎么知道？谁告诉你这些东西是偷来的？"他转过身来，给我展示拿在手里的两个手镯，他的手在发抖。他的鼻孔也在发抖，嘴唇上方有刚长出来的胡子。

"很明显。我爸爸是宪兵队的，他常说，吉卜赛人会去别人家里偷东西。"我不禁脱口而出，仍然这样称呼我的养父。

"得了吧你,还想着你那位宪兵爸爸呢!你的那位叔叔可能都不记得你了。他都不来看看你在镇上过得怎么样。"

我的眼泪突然就掉了下来,我自己都没觉察。维琴佐和塞尔焦一样,说那么伤人的话。但他立刻就后悔了,他起身来到我身边,用他粗糙的大拇指擦干我的脸,不停摇头,叫我不要哭,说他实在受不了。你等等,等一下,他说。他把那些首饰都收起来,放回那个蓝色袋子里,留了一件在外面。

"我叫你来,是要把这件东西给你,但你把我惹恼了……"他拿着一条挂有心形吊坠的漂亮项链走到我跟前。

我本能地闪开了,向后退了一步,他就那样站着,两手捏着一根金链子悬在半空,下面的吊坠在晃动。他皱着眉头,额头上挤出一道很深的皱纹,嘴抿成一条线。他鬓角上的鱼骨形伤疤在跳动,因愤怒而变得通红。我从他眼睛里看到一种惊异和痛苦,他对我毫不掩饰。我向前走了一步,对着他抬起下巴,接受了那份礼物。他的手异常熟练地伸向我的后颈,看都没有看一下就把项链扣好了。心形的吊坠让我胸口有些冰凉,但很快这块金属被我体内澎湃的热血给温热了。

"你戴着可真漂亮。"维琴佐用一种压抑的声音说。

他的手指顺着那个心形吊坠,慢慢在我的皮肤上滑动,他想顺势而下,把手伸向我的胸脯。

"你的烟。"阿德里亚娜跑过来了。

她突然停在那儿,我不知道她是不是看到了什么。

"烟……"她又小声说了一遍,有些迟疑地把烟递给了维琴佐。

她嘴里还含着酸樱桃味的冰棍,那是她用剩下的钱买的。我转过身去,把那份礼物从我脖子上解开,藏进了兜里。我几乎没再戴过那件可能是偷来的首饰,但直到现在,我一直都保存着它。不知道为什么,这二十年我都留着它,无论我去哪儿,都会把它带在身边。我很爱惜它。在一些场合,比如高考、重要的约会,我会把它当作吉祥物。要是阿德里亚娜真的想结婚的话,我会戴上它去参加她的婚礼。不知道这个心形吊坠曾经是谁的。

那几天,我都避免和维琴佐独处,当我看到他时,我的内心会感到一阵抽搐,波及整个内脏,然后会感觉到一阵虚空。傍晚,他在地窖一侧的窗户下面吹口哨,想吸引我的注意,要想对他的口哨声充耳不闻,需要坚强的意志。他白等了一会儿,就生着闷气回来了,他用力摔门,产生的气流让锅从墙上突然掉落,让朱塞佩莫名其妙地哭起来,让阿德里亚娜无缘无故头痛。而我只是在远处待着,坚持不理会他。

我每周六攒起来的零钱足够买一张车票了。我想去参加以前一个朋友的生日聚会,我跟父母说了实话,还请求在那里住一晚。他们面面相觑了一会儿,有些迟疑,又有些无所谓。

"我不能送你去,我的车子坏了。"父亲就这样同意了。他的声音听起来有点突兀,我才意识到,他平时几乎不说话。

之前,我透过窗户,看到楼后面的山坡上有些五颜六色的花儿,我可以把它们摘来送给帕特里奇娅。早上我很早就下楼去采花了。那里有蒲公英,还有些很朴素的黄花,散发着油菜花的气味。我没办法送她其他礼物。我用线把花捆成一把,上楼打扮去了。阿德里亚娜什么都不知道,等她反应过来,发现我要走,而且不带她时,她冲进房间拿起一张我之前送给她的画,在我眼皮底下把它撕烂了。让我惊讶的是,母亲竟然带着弟弟送我去了汽车站。我透过车窗跟弟弟说再见,他用自己的方式,不停地跟我挥手,看上去不像是在告别。

一路上,花儿都蔫了,旁边座位的人也许是闻到了花香,都转过头来看花。帕特家住在北边的海岸上一栋楼的五楼。我在门口等着她开门时,打不定主意是否要把花儿送给她。

她扑到我身上,拥抱了我,高兴得叫起来,狗也在叫,它很激动,猫也凑过来一探究竟。我垂着双眼,抱歉地说只带了这么不起眼的礼物来，但她蹦蹦跳跳地发誓说，在她收到的所有礼物中，我的是最好的。

我们一早上都单独在一起，不停地聊天，但我说得要少些，我羞于告诉她我的新生活，问起她的生活时我又很失落。我又闻到了她家的气味，她家厨房里桂皮的味道，房间里帕特里奇娅刺鼻的汗味，还有洗手间里香奈儿5号的味道，她妈妈每天早上去办公室之前都会喷些香水。我到晚了一天，她的生日聚会是在前一天，冰箱里还剩了些好吃的，咸的甜的都有，我们躺在床上，吃了很久。帕特讲了她游泳比赛取得名次的事，要是我参加的话，我应该会得个三四名吧。有个长鼻子男生追了她好几个月，我们都取笑他。

"要是他想吻我，他的长鼻子该怎么办？"帕特自言自语，她不知道要不要给他一个机会，试着和他交往一下。

"你不在的时候……"她讲述每件事都这样开头，就好像我不在已经是过去的事情了。

15

猫一边喵喵叫，一边在主人身上蹭来蹭去，主人只是漫不经心地摸了它一下，没给它吃的。我们忘了时间的流逝，帕特一直穿着睡衣和我聊天。最后，门的响声和钥匙放在门口托盘上的响声，把我们建立起来的世界打碎了。万达很激动，她把我紧紧抱在怀里，抱了很久，她身上的法国香水味扑面而来。我闭着眼，沉浸在她怀里，直到她放开我。她穿了一件白色的亚麻衬衣。我发现，我对她没有一丝怨恨，我已经原谅她了，不再去想她曾经拒绝把我藏在她家里。

"让我好好看看你。"她向后退了一步，端详着我。

她说我长高了，也瘦了。正好，她那天去熟食店里买了帕尔马奶酪烤茄子，那是我最爱吃的。我吃东西时，万达面带微笑看着我，她借口说自己在减肥，没吃她那份，说她早该减肥了。这时候，帕特的父亲打电话来了，通知我们他晚上才能回来。我把她父亲那份也吃了，还用面包把盘底擦得干干净净。我朋友惊呆了，以前我从来不会这样。

"在镇上，人们都这样。"我有些尴尬地解释说。

万达对我的亲生家庭很好奇。我放松了警惕，没那么谨慎，也没那么含糊其词了，突然我又有些自惭形秽。我带着羞愧，开始讲述我亲生父母的事。

我说了几个兄弟姐妹的名字，也讲了阿德里亚娜和朱塞佩的一些事情。我提到他们俩时，难免会带着一种温柔和同情的语气，尤其是阿德里亚娜，我会说我妹妹如何如何。但关于维琴佐，我什么都没说。

"你父母呢？"她最后终于问到了这个问题。

"我爸把我送到那儿之后，我就再没联系上他们。"

"不，我指的是现在和你生活在一起的父母。"

"我父亲在砖厂上班，但我觉得，他不是每天都工作。"我停了下来。我找了个借口，匆匆忙忙去了洗手间，但只是为了把自己关在里面，等会儿再出去，洗手间里有空气清新剂的味道。最后，我假装冲了水，回到客厅。和我预料的一样，万达已经说起了其他事情。

下午的时候，帕特要她妈妈陪我们去码头看船队表演，那是当地海军的一个庆祝活动。在附近教堂的弥撒结束后，装饰着花环的旗舰就出发了，船上有一尊圣人雕像，神父也在船上，紧随其后的是捕鱼船，后面跟着一些小船，船上装饰的彩旗随风飘扬。我和帕特挤在人群里,沿着码头追赶这些船,看着船沿沙滩向北驶去。在返航之前,船队的人会把桂冠扔下水,纪念那些在大海里牺牲的人。渔民的妻子把捕上来的鱼炸好后卖给客人,帕特里奇娅买了一包,带刺的小鱼很解馋。吃晚饭时,万达的丈夫带了些新鲜海鱼回来,万达用面包屑和干酪丝裹了,烤海鱼给我们吃,为了不让她失望,我们还是吃了。

"上周我看到你爸了,"尼古拉说,"他在城外的一道路卡那儿。"

"你和他说话了吗?"我焦急地问。

"没有,他正在拦停一辆卡车,他开始留胡子了。"

"好了,别想啦。"帕特晃了我一下,瞪了她父亲一眼,"我们赶快收拾一下,去看看晚上的节目,你可以穿我的衣服。"

那年,我们也没有错过压轴的烟火表演。

"开车去不方便。"尼古拉说,于是我坐上他的自行车后座就出发了,帕特里奇娅和她母亲跟在我们后面。尼古拉慢慢骑着车子,越靠近码头,行人就越多,他按铃提醒行人小心。我们没说话,一直往前骑,没有撞到别人。一路上灯火通明,路边摊上有糖果的味道,棉花糖和杏仁糖的味道弥漫在空气中。下水道里还时不时冒出来一股臭味。最后,我们已经没办法在海边宽阔的人行道上往前骑行了,我们从自行车上下来,把车锁在一个海滨浴场的车桩上。我和帕特里奇娅想单独去玩,她父母和我们约定好,看完烟花表演要在一个地方碰头。我们坐在沙滩的第一排——假想的第一排,等待烟花表演开始,慢慢地,很多人聚集在我们身后,他们也在等着看烟花。两边有很多和我们年龄相仿的少年,其中有一个卷发少年,看起来像个高中生,他戴着眼镜,偶尔会探着身子,歪着脑袋看我。

"那个卷毛喜欢你。"帕特朝他使了个眼色,笑着说。

我紧紧搂着她的肩膀,我没法告诉她我有多想她,有多想念我之前的生活。也许她看到了我极力隐藏的眼泪。

"你怎么了?"她问我,但我没有回答。

放烟花的准备工作正在进行,观众中一阵骚动。我们站起身来,眼睛盯着海面上的一片漆黑。他们开始断断续续地放了几个烟花,就像在试验,后来烟花越来越多。天空繁星密布,烟花在冷冰冰的天幕盛开,转瞬即逝。在水下,在我们无法想象的地方,沉默的鱼儿一定受到了惊吓。

突然,一只充满活力的手果断地握住了我的手,我转过身去,对着帕特微笑,我有好几分钟没看她了,我以为那是她。那不是帕特,而是那个卷发男孩,他眼镜的镜片上映射出正在燃放的烟火。我还记得,当时我胃里一阵痉挛,随着年月的流逝,那种感觉淡了很多。他在所有的女孩中，选择了我。

"你叫什么名字？"他凑到我耳边问，他的嘴里发出一股甜甜的味道。他俊秀的剪影在不停变换，就像天空中的烟花的魔法。

我不知道他有没有听到我的名字，因为四处都是烟花的喧闹声。从他的嘴形，我也没有搞清楚他到底叫什么，是叫马里奥还是马西莫。他紧紧抓住我的手不放，有一种灼热、震颤的感觉通过手臂一直蔓延到了我内心。他本想吻我的脸，但有人撞了他一下，他没吻到。我们俩很快在沙滩拥挤的人群中走散了。我要找帕特，但他没有跟上来。他可能和维琴佐一样大，但他们却那么不一样。

从我被送回去起，我就没像那晚一样，睡得那么久，那么熟。黎明的光亮照射进来，新一天带来的淡淡忧虑，也透过窗帘钻进来，照到客人的床上。我惊醒了，就像前一个晚上喝醉了酒似的，下午我得回镇上去了。我坐在摆放好早餐的桌子旁，万达是唯一一个起床了的人。

"这段时间，你没看到我妈妈吗？"

"从来没有，自从你离开之后，我就再也没见过她。"她递给我一杯可可牛奶。

"那你偶尔会路过我家那条路吗？"

"会的，门总是关得死死的。"她又把面包、果酱和花朵形状的饼干递给我。

"可能她住院了,医院很远,我爸也在那儿陪她。"

"你为什么会这么想?"

"我的亲生父母并没有要我回去,阿达尔吉莎没理由把我送回去。她不告诉我真相,也许是不想吓坏我,最后那几周,她连做饭、打扫卫生的力气都没有了。她躺在床上为我哭泣。"我停下来,揉了揉眼睛,"但我确信,等她病好了,他们一定会接我回来,会重新住到那所房子里。"我最后说。

万达若有所思地喝了一口咖啡,鼻子上沾了一点咖啡渍。

"过段时间,一切就会更明了。"她说,"你要坚持一下,现在新学期要开始了,你至少要坚持一个学年。你成绩那么好,无论如何,你都会来城里念高中的。"

我点了点头,然后低下头,看着眼前的牛奶,我咬着自己的一根手指,牛奶慢慢变凉。

"你赶紧吃吧。以后,他们还会让你回来找我们的。"

晚点的时候,我问帕特里奇娅愿不愿意陪我去之前的家里看看,我家并不远。她很激动,就像要去执行一项探险任务一样。

"我要带上螺丝刀吗?"她低声问我,像个执行任务的暗探,她觉得,我们要撬开栅栏门的锁。

然而,当我们到那里时,栅栏门开着,从屋子后面传来了动静。我们俩小心翼翼地进去了,帕特在模仿电影里间谍走路的样子。我们穿过草坪中间的小路,路面上的沙子已经清理干净了,花园里也井然有序,草坪发出刚修剪过的味道。割草机靠墙放着,还有其他很多工具也堆在那儿。但房门紧闭,百叶窗也关得死死的。我的自行车还停在雨棚下,车子被移动过,轮胎打满了气,打气管放在旁边的地上。房子后面传来一阵阵敲击声,后来停了下来,过一会儿又敲起来了。我屏着气,嘴里很干,以为就要见到我爸爸了。他经常拿起锤子,敲敲打打,修理一些家用品。

在墙角的地方,我撞到了一个人,我叫了一声,发现我撞进了园丁罗密欧的怀里。帕特失去平衡,摔在了草坪上,她坐在草坪上看着我们。

"嗨,漂亮的大小姐,你从哪儿冒出来的呀?家里似乎一个人也没有啊。你可以给你妈妈打电话吗?我干完活了。"

"这几天,我爸妈都不在。"我随口说了一句,"谁给你的钥匙?"

"你爸把钥匙放在了一家水吧里,他给我打电话,让我在秋天到来前把花园修整一下。"

"你有房门的钥匙吗?"

"没有,我没有。"他有些怀疑了,"你一个人在这儿吗?"他指着房子说。

"不,我在朋友家,我们来这儿拿几本书。你可以把钥匙留给我,我爸妈明天就回来。"我开始撒谎,我以为我说得很自然,但他并没上当。

"我还是把钥匙放回水吧好些,我和局长约定好的。"

我爸爸在宪兵队里并不是局长,但我没有纠正他。于是,我再进入花园的可能也没有了。

吃午饭时,我费力地用叉子卷蛤蜊拌面,尼古拉让我多吃点,他知道我很爱吃海鲜面。我只是感觉如鲠在喉,咽不下去。电视里,几个人在谈论新的反恐怖主义法律,然后又报道了刚开张不久的意大利最大的游乐园。

"我们一定要去玩一次。"帕特说,"有人会组织大巴一日游,去那个游乐园玩儿,下次你来的时候,我们可以一起去。"

然而,我们是几年以后才去的。当时我刚考完大学的几门考试,从罗马去找帕特,我们一起出发去了一个有湖的地方旅行。对于两个女孩来说,那个湖是个不同寻常的目的地,帕特里奇娅刚受了情伤,她觉得那一潭死水很适合她的心境。

"我受够这个死气沉沉的地方了,我们今天去加尔达乐园。"

一天早晨,她站在小旅馆的阳台上作了这个决定,小旅馆的窗台上,天竺葵在盛开。在游乐场的入口处,我们混到了一群孩子中间。连坐最简易的旋转木马,我都会害怕得大喊大叫。我们还坐了摩天轮,摩天轮升到最高处时,会停在空中摇晃一会儿。但是,我丝毫没有体会到那晚和维琴佐还有阿德里亚娜坐吉卜赛人的摩天轮时的激动。

帕特一家三口执意要送我,万达还牵着狗。我在海滨公路上的一个车站上了车。我来的时候,手里拿着一些在山坡上采的花,回去时,我带了一个包,包里有很多本子、贴身内衣、毛衣、裤子,这个包我上学时可以用。告别时,我没忍住,一下子啜泣起来。我宁可淹死在距离人行道三十米的蔚蓝海水里,也不愿意回去。

我又看到了那时的自己:我坐在一个靠窗的位置,头倚在玻璃上。尼古拉给了我几袋饼干,还在常去的那家熟食店买了很多帕尔马奶酪烤茄子。我打算把烤茄子给我妹妹吃,好让她消消气。那天晚上,也许我们俩可以单独到地窖去,悄悄把奶酪烤茄子吃掉。我还会分几个本子给她,也可以把包借给她用。要是她还生我的气,我就会害怕。下了这辆大巴,我就只有阿德里亚娜了。我旁边的座位没人,在蜿蜒的道路上,我可以肆无忌惮地哭泣。

16

从快到中午时起,阿德里亚娜就在广场上等我,她看了每一辆从城里回来的车。她待在边上,在九月黄昏暗淡的天色中,我没有马上看到她。我已经开始往家里赶了,她挪动了一步,我正好注意到她。她握紧双拳,拳心朝下,眉毛拧成一团,我看不到她的眼睛。在相隔几米远的地方,我们看到了彼此,她看上去气呼呼的,很疲惫。我不知道该不该朝她走过去。我立刻感觉到,她在贪婪地看着那个鼓鼓囊囊的包,还有我费力提着的几个袋子,她不知道里面装着什么东西。她突然飞快地跑到我身边,拥抱了我。我把东西都放在公路上,紧紧抱着她,亲吻她的额头。我们并排着走路,什么都没说,她帮我提包和其他东西,但她并不想立刻知道里面装的是什么。直到我们走到了楼下,她看了一圈周围,才开口说话。那时周围一个人也没有,大家都在吃晚饭。

"你最好把拿回来的东西放在地窖里,要不然没什么好下场。"她指着三楼说,想着塞尔焦和另一个哥哥。

地窖的钥匙一直放在一块砖后面,我们用钥匙打开门,很快把东西藏好了。

"你别吃太饱。"在上楼梯时,我对她说,"待会儿我有好东西给你。"

我们上了楼,家里人看上去并没有很想我、很期待我回来。只有朱塞佩从母亲的怀里挣脱出来,摇摇晃晃地向我爬过来。我把他抱在怀里,他把一只黏糊糊的手指放进我嘴里,有一种甜丝丝的味道。

这时候我坐在餐桌前,塞尔焦看到我并不是很饿,他说:"大小姐她吃了鱼。"为了不让人疑惑,又补充了一句:"生鱼片。"

维琴佐不在,吃过晚餐,收拾完桌子,我和阿德里亚娜说要下楼一趟,也没有人问我们理由。她悄悄带了餐具。她坐在一个倒放着的篮子上,享用着帕尔马奶酪烤茄子。她第一次吃这道菜,吃得干干净净,她默认我放弃了自己那份。最后,她打了个嗝,好像在宣布,她原谅了我这两天不在家。

第二天早上,母亲去了乡下,去一个农民家里拿水果做果酱,我们要照顾朱塞佩。他忽然哭叫起来,身子缩成一团,我们把他放在床上,推着他,让他从这边滚到那边,就像我们的玩具娃娃一样。

"天啊，他是不是被什么东西咬了？"我有些害怕地问。

"不，不，他是肚子痛才会这样。"阿德里亚娜一边回答，一边把他抱在怀里。

朱塞佩拉了肚子，安静了下来。屎很臭，从他背上一直流到了脖子上。阿德里亚娜知道该怎么处理，她给弟弟脱了衣服，把他放进浴缸里。朱塞佩趴在底部有很厚一层水锈的白色浴缸里，就像一个软塌塌的、惹人怜悯的小动物。在那种情况下，我没办法碰他，我无法克服那种恶心的感觉。但阿德里亚娜并不需要我帮忙，她有条不紊地给弟弟洗澡，冲掉了他背上的脏东西：很稀的，泡沫状的排泄物。她刚一给他换好衣服，他又拉了，又把衣服弄脏了，我们没有衣服给他换了。阿德里亚娜把他裹在一块毛巾里，他还在哭叫，他肚子痛的时候，阿德里亚娜就会摩挲他的肚子。

"好了，一会儿就好了，不痛了。"她在弟弟耳边不停地说。她对我说："你去给他泡杯茶，要挤点柠檬汁在里头。"我有点蒙，在厨房里什么都没有找到，匆忙中还把水洒在了地上。

"你抱一会儿他，我来想办法。"但朱塞佩哭叫得很厉害，他不想放开那个会照顾他的姐姐，不想让我抱。阿德里亚娜没办法，只好说："你去楼下邻居家问问他们有没有。"

女邻居看着我难过的表情，很同情我，就弄了一杯柠檬茶给我。她和我一起上了楼,想看看情况,然后又回去拿了几件她孩子小时候穿过的旧衣服来。我们给朱塞佩穿上了一件汗衫,他时不时还在拉肚子,但没那么厉害了。我现在能靠近他了,他的头发让汗水浸湿了,我用布给他擦干,他终于肯放开阿德里亚娜,愿意让我抱了。

正午的时候,楼下的女邻居又上来了,还给弟弟带了一盘米糊。我喂他吃,他吃了几口后,就在我怀里睡着了。

"你不把他放进摇篮里吗?"阿德里亚娜问,但我觉得这样抱着他,可以弥补他刚才遭的罪。

我抱着他,我的肌肉就像他一样睡着了,我稍微活动了一下,肌肉有点发麻。想想看,以前我从没体验过这种和一个小生命亲密接触带来的喜悦。

母亲一回来,就把我们骂了一顿,因为我们没干完被分配的任务,还有,朱塞佩拉肚子后,地板上有些地方还是黏糊糊的。

过了一会儿,我和阿德里亚娜开始一起削桃子,桃子是母亲从乡下拿回来的,要做成罐头,冬天再吃。阿德里亚娜背着母亲,偷偷吃了不少。因为一直照顾不停拉肚子的弟弟,我们俩还没吃午饭。

"那些和他一样大的孩子,已经能走路了,他还只会爬,也不会喊妈妈。"我指着在地上爬的弟弟说。

"事实上，朱塞佩不是一个正常孩子，你难道没发现吗？他发育有些迟缓。"她不动声色地回答说。

我手里拿着的刀停在半空，桃子从手里滑落了。有时候，阿德里亚娜随意说出来的话，就像晴天霹雳一样。弟弟满屋子爬来爬去，我来到他身边，从地上抱起他，搂在怀里跟他说话。从那时起，我看待他的目光发生了变化，好像他需要特别对待。

我一直不知道他到底得了什么病，或者是缺了什么。直到几年前，医生跟我说了一种我理解不了的病。

"这是一种遗传性疾病吗？"我问。

他把我从头到脚打量了一番，我认为我那天穿着得体，外表也很宜人。

"一部分是的。但就他而言，有些……环境因素也产生了影响。小时候，他一定遭遇了某种形式的缺失。"

医生坐在桌子后面，手摊开，放在病例袋上，再三打量我。也许他在揣摩我和弟弟的差别，他想不通，到底是什么环境因素导致了这种巨大的差别。或许，那只是我的一种猜想。

上小学时，朱塞佩属于第一批需要助理老师的孩子，但他每年六月都会更换助理老师。有一次，我看着他的一滴眼泪落在米玛老师的手掌上，就像是留给她的纪念。他从小就喜欢画人的手，那是他最爱画的主题,也是他在课堂上画得最多的。他把正在写字的同学画下来,尤其侧重对手指的刻画,其他部分只是画出轮廓,用一个随意的椭圆代表脑袋。

他从没学会保护自己,要是不慎卷入争执中,他也只是一脸天真,一动不动地站在那儿,没有人存心打他,但有时候他会被意外打伤。有一天早上,我去学校接他,发现他脸上有一道伤口。老师告诉我,一个同学打了他一拳,但那同学的目标并不是他。朱塞佩握着那同学的手,把手掰开,观察了很久,就像在研究那只漂亮的手和他的疼痛之间的联系。那位同学一动不动,让朱塞佩研究。

17

上课铃响了。走廊上的人都和我保持着一段距离,好像我是个外人。仿佛有人在我要坐的课桌上贴了一张隐形的标签,上面用方言写着我的身份,这是我回到镇上和我家人一起生活之后,他们对我的定义。我是个养女,一个被弃养的养女。在这里,我几乎一个人都不认识,但他们通过大人的闲聊,对我已经很了解了。

她小时候,有个远房亲戚想要个女儿,就领回去养了,养成了一个娇贵的大小姐,现在怎么又回到这些落魄户、穷鬼身边了?养她的那个女人死了吗?

我旁边的座位是空的,谁也没选这个座位。语文课老师在介绍我时说,我出生在这个镇上,但在城里长大,再回来时已经成了一个大姑娘,也不知道是谁告诉她的。

"她会和你们一起念初三。"她在下面同学的嘀咕声和嬉笑声中宣布。她让一个满嘴龅牙的女生坐到我旁边,那个女生听从了安排,但她一边叹着气,一边挪动凳子,发出巨大的响声。那位态度不太好的女生已经整理好,弄掉的书也捡起来了。这时候,佩丽里老师又说了一句："这样对你有好处,你将来总还是要说点儿意大利语的。"老师的话是说给那个女生听的,但她看着我的脸,就好像那是她给我布置的第一份作业。接着,她问了我们每个人是如何度过假期的。

"我到这儿来了。"轮到我的时候,我轻声说了句。她留了时间让我继续说下去,但我没说话,她也没有坚持问下去。佩丽里老师眼睛很小,非常蓝,睫毛很弯,都可以卷成完美的圆圈了。我的位置在前排中间,我坐在座位上,能很清楚地看到她,还能闻到她的香水味。她一边说话,手一边在空中慢慢挥动,这已经开始吸引我了。第二节课,我注意到她的尼龙袜子里面缠着绷带,这让她的腿看上去很粗。她站在我旁边,指尖放在我的课桌上,她说:

"前不久,我刚做了血管手术。"她说话时,只盯着我一个人看。

佩丽里老师就站在那儿,我的身体抖了一下,尽可能抬起双眼,往高处看。我的目光停在了她镶有彩色宝石的戒指上,宝石的深处,闪烁着神秘的光。

"蓝色的是蓝宝石,"她说,"红色的是红宝石,地理课上,我们会学到出产这些宝石的国家。"然后她对着全班说:"现在我们来复习语法,从今天起,你们要记住,今年你们会参加初中毕业考试。"她从我的本子上捡起一个从她头发上掉下来的发卡,回到讲台上去了。

她给出一些词让我们回答,我也小声回答了其他同学的问题。她发现了,并且从我的口形判断出我说得没错。

"'Armando'是什么?"她问。

"我叔叔的名字。"一个很搞笑的男生猜测说。

"很好,这的确是个人名。"她一边表示肯定,一边轻轻摇着头。

"这也是'armare'的副动词形式。"我稍微提高嗓门说。

"这个养女,什么都知道。"阿曼多(Armando)的侄子笑着说。

"是的,她和你不同,她已经学过动词了。"佩丽里老师最后干巴巴地说了一句,还瞪了那个男生一眼。

课间休息时,阿德里亚娜来到我们教室门口,她一点儿也不羞怯。她穿过把小学和中学隔开的花园,过来看看我怎么样。她蓝色的罩衫上掉了几颗扣子,衣服边也开线了,有几寸耷拉着。阿德里亚娜那么瘦,头发很油腻,站在一群随时会嘲笑她的大男孩中间,换作任何一个十岁的小女孩,看起来都会很可怜。

"你来这儿干吗?"老师站起来,用带着警告的语气问她。

"我来看我姐姐怎么样了,她是城里人。"

"你老师知道你出来了吗?"

"我给她说了,但也许她没听见,因为班里的男生在疯闹。"

"那她现在可能很担心你,我叫一位校工陪你回去。"

"我自己能回去,我认识路。但首先,我想知道我姐姐在这儿有没有问题。"她指着我说。

我坐在座位上,惭愧得无法动弹。我红着脸,死死地盯着课桌,就像阿德里亚娜和我无关。一方面,我想杀了她,同时,我又嫉妒她的从容和死皮赖脸。

老师向她保证了我很好后,她扯着嗓门,跟我约好在校门口见,终于离开了。

我的同班同学站在教室里,分散成几个小团体。他们嘴里嚼着东西,一边聊天,一边嬉笑,我猜他们在笑话我。阿德里亚娜的探望,使我更容易成为他们攻击的对象,但也许是我高估了自己,他们其实对我没有那么大兴趣。

我还没有习惯自己备好加餐的点心,所以我没得吃。佩丽里老师在翻看一本书,时不时从讲台上小心翼翼地看着我。她突然一下子站了起来,尽管她腿上缠着绷带。

"你可以吃点儿这个。我包里总是带着吃的,因为总有同学忘了带。"她放了一块早餐面包在我课桌上。有几个同学吵得越来越厉害，佩丽里老师朝他们走了过去。过了几分钟，她又停下来，向讲台走去，课间休息就要结束了。她跟我打听起维琴佐的情况，维琴佐曾经是她的学生。我不知道该说些什么，维琴佐已经好多天没回来了，似乎家里也没有任何人在意这个问题，连阿德里亚娜也不知道他在哪儿，我也有点淡忘他了。

"他在工作，但很不稳定。"我说。

上课铃响了，其他同学都回到了座位上，教室里回响着金属桌腿撞击地板的声音。

"什么工作？"

"找到什么就做什么。"

我记得有一天下午，天气很闷热，我看到他正在给一位邻居劈柴，那位邻居已经开始为冬天准备柴火了。我下楼去地窖拿点东西，出神地看着他，但他并不知道我在那里，他使劲用斧子劈柴，每劈一下，就会吆喝一声。他弓着身子，身上的肌肉在发白的日光下闪着光，汗水像小溪一样，顺着他的脊椎流下来，浸湿了他的短裤，他身上也就只穿了一条短裤。

"他不上学，真是遗憾。"

"为什么？"

"他辍学真是太可惜了。"佩丽里老师又说了一遍。

"他是个混混!"一个声音从后面传来。

她走到那个打断我们说话的男生身边。

"别人跟我说,你也是个混混,"她用挑衅的语气对他说,"我该不该相信呢?"

在校门口,我想对阿德里亚娜视而不见,但那是不可能的。她就在铁栅门那儿等着我,蹦蹦跳跳的,很是高兴。

"你对动词变位很懂,你是这方面的天才,初中部的老师都在谈论你。"

我没有说话,默默向前走去。在所有事情发生前,她总是能未卜先知,直到今天,我仍不知道这是为什么:她每次都能出现在合适的地方,躲藏在一扇门后面,一个角落里,一棵树背后,她耳朵很尖。随着年龄增长,她也失去了一部分这种能力。

她走在我后面不远处,也许是看到我拉长了脸,她有些沮丧。

"我怎么你了?"我们走到邮局前面时,她抗议说。她根本没有意识到,她今天闯到我们教室来,会让我反感。这时候,我们班的两个男同学从她身边经过,我决定等一下她,我是姐姐,我要保护她。

"你们的父母是谁,是两只特别能生的兔子吗?以前送出去的女儿,现在又回来了,你们家总共几个孩子啊,六个还是七个?"那个块头大点儿的男生嘲笑她说。

"我妈妈好歹是和她丈夫一起生了这些孩子,而你妈呢,谁去找她,她就让谁上。"阿德里亚娜回了他一句,她已经准备好拔腿就跑。她打了一下我的手臂,示意我赶紧跑。趁着那个男生还在错愕之际,我们很轻松地跑掉了。事实上,他们没追上我们,当我们确信已经安全了之后,回想起那张因为遭到羞辱而变得刷白的脸,我们笑弯了腰。

"你对他说的那些话是什么意思啊?"我问,"我没太懂。"

"你要是想待在这儿,还得好好学学方言。"

18

十月的一天下午,维琴佐在消失了几天后,回到家里,他的相貌有些变化,目光灼灼,好像刚刚完成了一件大事。他穿了一身新衣服,刚剃了头发,鬓角上的鱼骨形伤疤更显眼了。他把带回来的一条火腿轻轻放在厨房的一张椅子上,好像那是一位贵宾似的。他带回来这个稀罕东西,也许是想转移大家的注意力,不再提到他几天不回家的事。所有人都看着那条腌制的火腿,一截骨头从风干的肉里露出来。父亲不在家,他还没从砖厂回来。

"我们现在开始吗?"塞尔焦打破沉默说。

"不,我们等到饭点儿再吃。"维琴佐生硬地回了他一句。

他让我和阿德里亚娜去买了早上刚出炉的面包,母亲通常会买前一天的面包,因为可以少花点钱。

几个哥哥都不放心,都守在那里,时间一分一秒地过去,他们焦急地等着吃晚饭。火腿竖着靠在椅背上,不动声色地看着我们。我们越来越饿,火腿散发出的肉香也越来越浓郁。维琴佐时不时窥视着我的身体和脸,他能看出我在揣摩这条火腿的来源。朱塞佩在那把椅子周围爬来爬去,他也感觉到,所有人的注意力都集中在了那上面。

"总之,我们现在可以开始切火腿了吧?"塞尔焦不耐烦地问。

"不行,必须让他看到完整的火腿。"维琴佐凶巴巴地回了一句,父亲迟迟还没回来。

终于,父亲回来了,他的裤子上粘了一些做生砖的泥巴,手指磨得都发白了。

"那是儿子带回来的。"母亲一边对他说,一边用下巴指了指那条火腿,"你快去洗手,赶紧吃饭了。"

他漫不经心地看了一眼晚饭。

"这是从哪儿偷来的?"他问,就好像维琴佐并没有在跟前,这时,维琴佐在离他几步远的地方,咬牙切齿地握紧了双拳。

父亲走过去洗手,碰到了椅子,火腿扑通一声掉了下去。塞尔焦及时把火腿捡起来,放在桌子上,他拿起一把刀,因为吃饭的时候到了。维琴佐从他手里拿过刀,走到洗手间门前。

"我辛辛苦苦,在城里的肉店干活,我为老板赚了钱,除了应得的工资以外,老板还想给我一些额外的奖励。"他说,这时,父亲正双手湿漉漉地从洗手间出来。他用刀指了指那条火腿,接着把刀靠近父亲的脖子,过了一会儿才拿开。"你真是个没本事的父亲,你只为你的孩子买面包店剩下来的面包,那些过期的面包,你就知道胡说八道。"他咆哮着对父亲说,随后走开了。父亲一声不响地站在那里,没有说话。

维琴佐用两把刀相互磨了一下,开始愤怒地切火腿。他把切好的火腿片丢在阿德里亚娜端着的盘子上,为了不让火腿片掉在地上,阿德里亚娜轻轻移动着盘子,但另外两个哥哥很快就把手伸过去,接住了火腿片。维琴佐用一把很不好用的刀,娴熟地把猪皮从肥肉上剔下来,看到这一幕,我觉得很愧疚,因为我和父亲有一样的怀疑。也许他真是想给我们展示他学到的手艺,也许上次他也没撒谎,那些金饰真是吉卜赛人给他的报酬。镇上的那些流言蜚语可能是空穴来风。

"够了,你们不能这样吃。"他对另外两个哥哥说,"得夹在面包里,不能只顾你们两个人吃。"

维琴佐对着母亲点了点头,母亲明白她应该把面包切好。我和阿德里亚娜准备好三明治,分给大家吃,转了几轮,每个人都吃了三四个,第一个三明治是给父亲的,他很自然地接受了。朱塞佩舔着一片火腿,火腿上已经沾了他的鼻涕,我看到,才给他擦干净。阿德里亚娜、维琴佐和我到最后才吃。维琴佐挨着我俩坐下,我们安静地嚼着火腿。这时候,其他人都已经吃饱了,一个个都走出了厨房。

"佩丽里老师让我向你问好。"吃完饭后,我对维琴佐说。

"啊,她呀!她当时并不想我退学。"

"事实上,她建议你再回去念书。"

"是呀,那敢情好!我现在胡子拉碴的,带着个烂本子回到学校,那些小孩儿会笑话我的。"他说这话时像个爱吹牛皮的人,但他脸有点儿红了。

"老师觉得你非常聪明。"

"我是不会回去的,我有其他事儿做。"他起身去收拾已经剩得不多的火腿。

"你现在在城里上班,睡在你朋友家里吗?"我问他,一边清扫着地板上的面包渣。

"怎么?有什么不好的吗?我认识的那些吉卜赛人都有家有室,他们很能干,不像人们想的那样。你的宪兵爸爸给你灌输的都是什么呀。"

晚些时候,窗户那里看不到月亮,房间里一片漆黑,静悄悄的。我没有睡着,也许是被自己的呼吸分了心,我没有觉察到任何动静,只是突然感觉有人对着我哈气,有一股腌火腿的味道,那个人应该就跪在我旁边的地板上。他把我的被子掀开,把手伸进来,我没想到他的手如此羞怯、轻盈。那只是开始，可能是因为他怕我突然醒来，会大声叫出来。我表面上故作镇定，但心跳加速，身上起了鸡皮疙瘩，变得湿润了。我现在回想着我少女时期的身体，那就像一个战场，新的欲望和之前那个母亲对我的教导在作斗争。维琴佐用他的手掌捏住我一侧的胸，摸到了我立起来的乳头。我感觉到他在动，床垫也在朝我这边倾斜，但我不确定他的姿势。当他手指摸到我的双腿之间时，我用手抓紧了他的手腕。他停下来，但并没有停顿太久，连我自己也不知道我能反抗多久。

我们还没有习惯兄妹的身份，到最后我们也没有习惯。我阻止他，也许并不是因为我们流淌着一样的血液，对其他任何人，我都会采取这种自我保护措施。我们喘息着，差一点就要做一些无法挽回的事了。

那时候，阿德里亚娜的一个呵欠拯救了我们。阿德里亚娜就像一只半睡半醒的猫，摸黑从梯子上爬下来，睡在了我身边。她肯定又在上面尿床了。维琴佐像一只受惊的动物，很快就悄无声息地下了床。妹妹并没有察觉到他。我给她腾出一块热得发烫的地方，那是她还没有体味过的热度，她很快就开始冒汗了。过了一会儿，她把被子掀开，我继续把热的地方腾出来让给她。我仔细听着维琴佐行军床那边的动静，感觉到他的躁动，随后就没声儿了。他一定是独自去了之前想带我去的地方。

和往日一样,天刚亮我就起来了,在厨房的桌子上学习。有时候,下午在家里是没办法学习的。他很早就来了,打开我身后的水龙头,等着凉快的水流出来。我听到他在咕噜咕噜地大口喝水。我正埋头看历史书上讲的战争,但没办法集中注意力。他在后面站了几分钟,我没有觉察到任何动静。他靠近我的椅子,把我额头上的头发拨开,吻了我一下。他什么也没说就走了。

19

早上,莉迪娅——我宪兵爸爸的妹妹,寄给我的信到了,信封上的字迹很潦草。她在收件人一栏只写了我的名字,还有我亲生父亲的姓,信封上也没写街道名称,只有小镇的名字。她并不知道准确地址,在寄信人那一栏里,她也没有写自己的地址。邮差把信交给母亲,我从学校回来时,她把信给了我。

"你现在别想着看信,赶紧去摆桌子。"她厉声命令我。

那几天,她在生我的气,因为她在街上和佩丽里老师聊了几句,佩丽里老师告诉她,我是一个很优秀的学生,第二年应该去城里的高中上学。她——佩丽里老师,会监督我们家在这个问题上的决定,要是有必要,她会向社工求助。她就这样威胁了我母亲,然后把她一个人丢在邮局门口。

"那个女人对我们的家事指指点点,她说你不能落得和几个哥哥一样的下场。是我强迫他们,不让他们上学的吗?"母亲在发泄她的不满,"你学习太好,也是我的错吗?每天早上,你很早就开着灯学习,那么费电,我说过你吗?"

午饭后，虽然那次不该我洗碗，她还是让我洗，还叫我把碗擦干。通常我们都是把碗放在水槽边上，等它们自己沥干，那天我急着看信，她却故意拖延时间。

莉迪娅只是写了一封很简短的信。从折在一起的信纸里，落出了几张一千里拉的纸币。她知道我搬家了——她用的是"搬家"这个词，她觉得很遗憾，说我是一个很聪明的女孩，相信我能很快适应这种变化。遗憾的是，她现在离我很远，而且忙于工作和家里的事情，否则她一定会看看我在亲生父母家过得怎么样。她向我保证说："你的亲生父母不是坏人，我们是远房亲戚，是我的也是你爸爸的亲戚。我知道你是他们生的，但这不该由我来告诉你。我当时确信，你会一直和我哥哥还有嫂子一起生活。但有时候，生活很容易就会发生变化。"

莉迪娅问了一些问题，但也许她没有意识到，她没有写地址，我根本就没办法回答这些问题。在信的最后，她说她会在夏天放假时来看我，还说寄给我的钱应该可以够我买些个人用品。她也只是担心这些，好像我在这儿并不缺其他东西。

我双手捧着信，呆呆地站在那儿。一阵怒气从胃里涌上来，就像翻滚的波浪。母亲看到那些飞出去的钞票，她走到我身边，把钱捡起来，交给我，让我给她留两张。我有气无力地耸了耸肩膀，她认为我同意了。那时候，家里没有其他人。她弯下身在洗碗池下面找东西，那里面有空瓶子，装着东西的瓶子，破烂玩意，还有蟑螂窝。她最后把帘子拉上，挡住了里面的霉味。她转过身来，我就站在她跟前，面对面盯着她。

"我妈在哪儿？"

"你眼瞎吗？"她回答说，并指了一下自己。

"另外一个。你们决定了吗？告诉我，她到底怎么样了？"我把莉迪娅的信抛向空中。

"我怎么知道她在哪儿？在你回来之前不久，我就见过她一次。她来跟我们说事情，一位朋友陪她来的。"她轻轻喘着气说，汗水把她的唇毛浸湿了。

"她没死吗？"我追问说。

"你怎么会这么想？她生活那么舒适，会长命百岁的。"她有些不安地笑了。

"她把我送到你们这儿来时，身体很糟糕。"

"是吗？那我就不知道了。"她放在内衣里的两千里拉从V领毛衣的领口钻出来了。

"我要永远待在这儿，还是他们以后会接我回去？"我试着问了一句。

"你会和我们待在一起,这是肯定的。但别问我阿达尔吉莎的事儿,你应该会见到她的。"

"什么时候?在哪儿?有人愿意告诉我吗?"我离她很近,对着她的脸吼了一句。

我从她胸口把卷好的钱扯出来,撕得稀巴烂。她惊呆了,没有立刻作出反应,也没来得及制止我。她用黑色的眼睛死死盯着我,露出了牙齿和牙龈,像一条准备咬人的恶狗。一记冷冰冰的耳光用力地打在我脸上,我的身体晃了一下,把放在旁边的油瓶碰倒了。那是她在洗碗池下面找出来放到那里的,瓶子碎了,油慢慢地在地砖上扩散开去,我们晕乎乎地看着那些黄色的透明的油从玻璃碎片上流到了撕碎的纸币上。

"那是最后半瓶油了。今年你也去摘橄榄,这样学学怎么能挣到你吃的东西。"她说完就开始打我的脑袋,都是我的脑袋惹的祸。

我把手放在耳朵上保护自己,但她还是会找那些没遮拦、打起来更痛的地方下手。

"别,别打她!"阿德里亚娜抱着朱塞佩回来了,但我没听到开门的声音,她喊了一句。"我来收拾,你不应该连她也打。"她拖着母亲的一条胳膊,又说了一句,她想要捍卫我,因为我和其他几个孩子不一样,她要捍卫我和几个哥哥之间,包括和她之间的差异。我想不明白,一个只有十岁,而且每天都会挨打的小女孩为何会有这样的举动,但她就想维护我享有的特权:这个刚刚被送回来的姐姐是不能打的。

母亲推了她一下,阿德里亚娜摔在沾满油污的玻璃碎片上,跪在了那里。朱塞佩在护栏里哭,和阿德里亚娜痛苦的叫喊声混合在一起。我扶阿德里亚娜从地上站起来,让她坐在凳子上,我开始用手指拔出戳进她肉里的玻璃碴。血沿着腿毛往下流——和她一样大的女孩有的也会长腿毛。母亲带着弟弟走开了,我们听到关门的声音,朱塞佩的哭声也突然消失了。我不得不用夹眉毛的镊子,把那些细小的碎渣夹出来,不知道阿德里亚娜怎么会有这玩意儿。她时不时会"哎哟哎哟"叫几声。我还必须给她的伤口消毒。

"家里只剩烈酒了。"她顺从地说。

她因为灼痛而叫喊时,我也跟着哭了,我说全都是我的错,希望她原谅我。

"你又不是故意的。"她没怪我,"现在等着我们的是长达七年的灾祸。这只是开始。打碎油瓶就像打碎镜子[1]一样。"

1.意大利人的迷信,认为打碎镜子会带来七年的不顺。

因为找不到其他可用的东西，最后，我就用男士手帕给她包扎了膝盖上的伤口。当她起身时，手帕滑到了她的脚踝上。她想帮着我收拾，我们非常小心，没有被玻璃划伤。她看到了地上的信和撕碎的钱，于是我把整件事告诉了她。

"你一向都不说话，今天脑子发热了吧，怎么说那么多？"她一边问我，一边环视了一下厨房，"你至少把剩下的钱藏起来了吧？"

母亲把捡起来的钱放在了桌子上，但这会儿钱都不见了。应该是她出门前拿走了，用来补偿我带来的损失。过了一会儿，她回来了，就像什么事都没发生，她总是这样。她吩咐我们把土豆皮削了，晚饭要吃。

"楼下那女人说，你在学校学习最好。"母亲有点自豪地说，声音像往常一样冷淡，也许那只是我的想象。"你看书可别把眼睛看坏了，眼镜可贵着呢！"她又说了一句。

从那以后，她再也没打过我。

20

我们好几天没看到维琴佐了。镇上有一些关于他的流言蜚语，人们说他和一群小偷流窜到乡下去了，还潜入了农舍，但是关于地点，就有不同的说法了。

他之前带回来的火腿很快就吃完了。我和阿德里亚娜摁着剩下的骨头两端，让母亲把骨头剁成了很多块。母亲每次拿一块骨头来炖豆子，熬出来的汤很油，也很好喝。好几天我们只吃这道菜，肚子很不舒服。

那天早上，我妹妹因为肚子痛，没去上学。我出去上学时，一楼那个寡妇听出了我的脚步声，便把她家门打开了。

"你小心点，今天要出事儿了。"她说，"昨天夜里，两只猫头鹰在你母亲房间的窗台上叫。"她看我有些疑惑，给我解释说。

放学的时候，天气很热，按说那时还不应该那么热。我穿过一个广场，看到市场上那些摊主都在撤他们的摊位。我走到卖烤乳猪的面包车前面，一阵风掀起了尘土和纸屑，卖烤乳猪的人赶紧用餐巾把卖剩下的烤肉遮了起来。他每个星期四都在那里，他认识我。

"你还在这儿干吗?你不知道你哥哥的事儿吗?"

我摇着头说了句不知道。

"他出事儿了,他跟在一辆挖泥机后面,在一个急弯处出事儿了。"

我愣住了。我不想问他说的是哪个哥哥。他又说了一句,我父母已经去了现场。我不记得我是怎么到现场的,也不记得是谁陪我去的。

在警车后面,有几辆车停在路边。有人失窃报了警,人们不相信镇上的宪兵,因为他们从来抓不到贼。警察跟踪到一辆旧摩托车,在弯道处,也许是因为地面上有沙砾或是油污,摩托车突然偏转方向,冲出了弯道。开车的那个男孩牢牢地抓住了手柄,伤得并不重,正在医院做手术。

维琴佐没抓住他朋友的腰,飞了出去,他飞过秋天的草地,摔到了一个牛圈里。不知道,在空中飞行的短短时间里,他有没有看到自己会碰到的东西。他摔下来的时候,脖子落在了有刺的铁丝上,就像一个疲惫的天使,没有力气再扇动翅膀,越过那道生死线。铁刺扎进他的肉里,刺破了他的气管和动脉。他耷拉着脑袋,对着草场上的那些牲口,他的身体在铁丝网的另一边,一只脚歪着，跪在那里。奶牛转过头来看了看他，又接着埋头吃草了。我到那儿的时候，那个农民手里拿着一把粪叉，一动不动地站在那里，看着有人死在了他家的农场。

警察说要等医生来。我靠在一棵树上，从远处看着维琴佐。不知道为什么，他们没把他的身体遮起来，他就在那儿，暴露在那些围观者好奇的目光下，好像他是一个倒在地上的稻草人。一阵微风吹来，吹动着他衬衫的衣襟。

我蹲下来，背靠着粗糙的树皮。母亲在某个地方哭喊，和平日里的大声嚷嚷差不多。紧接着是一阵沉默，有人小声说话，安慰母亲。父亲时不时对着天空咒骂几句，他张开手，好像在威胁上帝。其他人用手拽着他，想让他平静下来。

我侧卧在零星的草丛上，缩成一团。有人注意到我，他们走到我身边来。有的说：被送回来那个。有的说：这是他妹妹。我听到他们的声音，但就像隔着一层玻璃一样。他们摸了摸我的肩膀、我的头发，用手抬起我的胳肢窝，想让我坐起来。他们受不了我就那样躺在地上。他们在讨论那场事故，任何一个细节都不放过，就像我不存在一样。他们问，那两个孩子之前偷了东西吗？一个人信誓旦旦地说，是的，但他并不知道他们在哪儿偷的，偷的是什么。警察只找到了两根从摩托车上飞出去的鱼竿，还有一袋白斑狗鱼，那天早上，天气晴好，鱼就是在河的下游钓的。也许，我哥哥是想把鱼带回来晚饭的时候吃，就像之前带回来的火腿一样。有两个男人惊呆了，他们从来没见过这么肥的鱼。

几片云从山那边飘过来，遮住了阳光，天气也突然冷起来。他们打算陪我去农舍喝口水。我拒绝了。过了一会儿，一位农妇拿着一杯自家挤的牛奶走了过来。

"喝点儿吧。"她说。

我摇了摇头，之后，她厚实的手掌抚摸着我的脸，那种亲切的感觉让我想试试。我喝了一口，但牛奶有一股血腥味。我把杯子还给她时，雨水滴进了杯子里。

维琴佐没有回家，因为家里没地方为他守灵。他被送到教区的教堂里，穿着一件刚买的毛衣和一条喇叭裤，躺在一口粗糙的杉木棺材里。出于同情，医生为他缝合了脖子上的伤口，针脚特别像带刺的铁丝网，他从摩托车上飞了出去，不幸落在那个铁丝网上。那道伤口像他鬓角上的鱼骨形伤疤一样，但来不及愈合了。在忽明忽暗的烛光下，他的脸看起来又青又肿，有些发绿，只有几处地方是苍白的。

阿德里亚娜是最后一个知道的。她一头扎进哥哥空荡荡的床上，痛哭了好久。

"这下，我没办法把你借给我的钱还给你了。"她对着已经不在了的哥哥说。

过了一会儿，她在房间里翻箱倒柜，把发烫的手伸进抽屉、衣橱、瓶瓶罐罐里。我看到她把一个东西塞在兜里，去教堂找维琴佐了。那些女邻居一边围着棺材转圈，一边在他身旁放了些在阴间会用到的东西：梳子、剃须刀、男士手帕，还有一些要付给卡隆[1]摆渡用的零钱。随后，阿德里亚娜走到维琴佐身边，抚摸了他交叉放在胸前的手指。她根本没有料到他的手会那么冰凉、僵硬，她突然往后退了一步。她从兜里掏出吉卜赛人送给维琴佐的礼物，想给他戴在中指上——那是他一贯戴的地方。她没成功，不得已，她只能给他戴在小指上，但戴到一半就卡住了。她把戒指调整了一下，让有花纹的那边露在外面。

来和维琴佐告别的人并不多，有一些亲戚，还有一些住在附近的老太太，吊唁死者是她们的唯一消遣。佩丽里老师也来了，她没有像其他人那样，在空中画十字，而是在他身边站了几分钟后，亲吻了一下他的额头。

---

1. 希腊神话中卡隆通常被描绘成一个长满胡须的老者，在冥河上摆渡。

平时从不出门的爷爷奶奶也从山区赶来了,他们坐在孙子身边,而他将永远就这样躺着了。我不认识他们,也不知道他们还记不记得我刚出生时的样子。阿德里亚娜小声跟他们说了我是谁,他们一动不动地看了我一会儿,好像我是个外国人。他们都静静地承受着痛苦。我外公外婆已经不在了,没办法来安慰我母亲。

快到十一点了,本堂神父开始吹灭蜡烛,请我们离开。维琴佐一个人待在那个地方,在一尊尊雕像的注视下,度过他下葬前的最后一晚。

在第二天早上的布道中,我只听懂了几句话,说的是有些人因为没有一个强有力的向导而迷失,上帝会因为我们的祷告,用他仁慈的怀抱接纳这些迷失的灵魂。我们出去的时候,下起了瓢泼大雨,来悼念的人都撑着黑伞。一个陌生人不知道该说什么,小声地对我说了些祝福的话,还吻了我的脸颊。应该是在那个时候,我感觉到自己和维琴佐是一家的。

我们到墓地后,雨停了。只剩下我们几个家人和他在一起。在墓坑的另一头,我的宪兵爸爸突然出现了,他穿了一件立领夹克,手放在脖子上。他轻轻点了点头和我打招呼,张着嘴像要跟我说话,但又闭上了。他开始留胡子了,看起来有些颓唐,就像之前尼古拉说的那样。这是我期待已久的见面，但我几乎没有任何反应，我没有走到他身边，因为那时候我不知道该问他些什么。几分钟之后，他就不见了。

吉卜赛人也来了，他们站在边上，一个有阳光洒下来的地方。一共有四个人，我觉得他们和我哥哥差不多大，除了其中一个看起来很像个大人，他穿着一件领子很宽的紫色衬衣，胸前别着一颗悼念用的别针。他们穿的鞋擦得锃亮，深色的头发抹了发蜡，梳成了大背头，上面还点缀着水钻，就像每个星期天表演时的打扮。他们穿戴整齐来到这儿，向同伴致哀。

吉卜赛人把马留在围墙那头，马在那里等他们。

21

我们回到冷冰冰的房子里。那天夜里,山上提前下起了雪,寒风在山谷里呼啸。玻璃窗不是很严实,有一丝丝冷风吹进房间里,窗上的玻璃摇摇欲坠、叮当作响。葬礼期间,一个女邻居一直在照顾朱塞佩,葬礼结束后,她就把弟弟送了上来,她抱着弟弟走到我母亲身边,母亲就把头转到另一边去了。阿德里亚娜也不想抱他。我把朱塞佩抱过来,头靠着墙,坐在一张凳子上。我轻轻抱着他,他觉得不踏实,没有乱动。有几个女邻居为我们准备了哀悼的食物:各种吃的,还有饮料,都放在桌子上。我不知道有没有人吃。

过了一会儿,朱塞佩有些待不住了,他想下到地上去。他爬到了穿着黑衣服的母亲身边,睁大双眼,从下往上看着她,眼神里充满了疑问。母亲很悲伤,但她应该看到了弟弟。她躲开,躺到了床上去,一直躺到第二天下午。女邻居轮流给她送来热汤,就像她生完孩子的那几次,她总是撇着嘴不肯喝。

接下来的几天,不是这家人邀请我们去吃饭,就是那家人邀请我们。我更愿意待在家里，吃些面包或者其他什么东西，或者是阿德里亚娜从邻居家带回来的东西。

夜里，我感觉维琴佐在床上动来动去，仿佛他的死只是一场梦，或是一个让人信以为真的玩笑。有好几次，他的气味飘荡在房间里。等我醒来，残酷的现实告诉我，他真的不在了。有时候我会忽然醒来，因为我感觉有人冲着我哈气，就像他以前摸黑找我一样。

我睡不着的时候，并不是只想到了他。我还想起了在墓地里看到的爸爸，他脸上胡子拉碴，他的样子一直在我脑海里浮现，挥之不去。他目光严厉，但也充满了失望。我很确信的是，他不想和我交谈。或许他怕我恳求他把我带回去，又或许他的目光中带着谴责，一种无声的谴责。难道是他决定把我送走的？我从没想过这种可能性。我到底做错了什么？难道有人给他讲了我在学校过道里和男生接吻的事？这也不至于把女儿送走啊。那时候，我还是个小姑娘，即使黑夜把一切想象都放大了，我都觉得这不可能。要是我真做错了什么，我也的确不记得了。

起初，母亲大部分时间都睁着眼侧卧在床上。朱塞佩在她身边，乖乖待着。她的胸脯都干瘪了，没有一滴奶水，前两天，他都还在吃母亲的奶。他蜷缩在母亲温暖的怀里，从母亲软绵绵的身体上爬过去,围着她转圈。尝试了几次之后,朱塞佩不再试图吸引母亲的注意力了,因为那也没用。但有时候他会突然大哭起来,我就会跑过去。我在房间里待了一会儿,不知道该怎么办。母亲盯着我看,那时候,我就会抱着弟弟走开。

之后,她开始从床上起来了,邻居们看到她起来了,就不再帮助我们了。母亲没管家里的任何事情,她刚恢复一点体力,就开始沿着公路走,一直走到一片柏树林那儿。她总是穿一身黑色的衣服,头发乱蓬蓬的,像冬天还残留在树梢上的几片树叶。一天早上,我要求陪她一起走,她盯着我看了一眼,没搭理我。我走在她后面,离她一步之遥,我们走了两公里,一句话都没有说。只有走到埋葬维琴佐的那块地时,她才会看起来有点儿精神。对她来说,维琴佐死后,就成了她唯一关心的儿子。

回去的路上,我一直看着她,她在我前面走着。我控制着自己的脚步,和她保持一致。山坡上的杂草把她割伤了,她都没有察觉到。她差点走到了马路中线上,完全没有意识到那有多危险。我还没来得及把她拉回来,就有人按了一声喇叭,让她忽然惊醒。我的痛苦瞬间变成一种愤怒,可以说是怒火中烧了。母亲站在那儿,为那个不听话的孩子而痛苦。他现在在地下,在那几块木板里,母亲现在心里只有他。我还活着,但她从来不为我考虑。当然，她把还只有几个月大的我送给别人时，她绝对没有变成这样。我追上她，走到了她前面去，我一直走，没有回头看她会不会被车撞到。要是必须有人保护她，那个人也不是我。

过了几天，佩丽里老师在楼下大门口按门铃，她是来找我和阿德里亚娜的。我们俩都下去了，因为我们很不好意思请她到家里来。

"明天，你们俩都要回学校上课。"她用命令的语气说。她没再说什么就走了，她丈夫坐在没熄火的车里等着她。

"我明天会去的，我想上学，但不是因为她，她又不是我老师。"阿德里亚娜在楼梯上说。

放学后，我们得为所有人做饭，通常都是煮汤。刚开始那几次，要是妹妹没在跟前，我不是把水少放了，就是把面条煮过头了。

"你就是个书呆子。"她有些沮丧地说，"你的手只能拿笔。"

除了做饭，她也很擅长买菜，她在菜贩那儿买两斤土豆，还要让他送些胡萝卜和洋葱给我们煮蔬菜汤。她在肉摊买四两刚绞碎的肉，还要让人家送一些边角料给她。我们用水把边角料煮了，那只是给我们俩吃的。因为那段时间的经历，现在我再也不吃白水煮肉了。我一闻到白水煮肉的味道就想吐。

"你把账记好，月底我爸来结账。"阿德里亚娜对每个店主都这么说。她那么伶俐，袋子已经打开了，那些卖菜的也不好说什么。我只是站在她后面，支持她，并不说话。这些商贩默默地给我们称东西，眼睛会从我们身上扫过，让我觉得非常窘迫，这种感觉如影随形。

我妹妹也很脆弱。她经常躲到一楼的寡妇家里去。她陪着寡妇，替她干活，反过来，寡妇也很疼她，会给她些吃的。有时候，她会把朱塞佩也带去。"要不然他会死的。"一天晚上，他们上楼时，弟弟在她怀里已经快睡着了，她不小心说了一句。

母亲肚子不饿，她也不管我们饿不饿。有时候，父亲从砖厂上完班回来，如果食品店还开着门，他会带点儿香肠或是腌鳗鱼回来。我们做什么，他吃什么。他都不跟母亲说话。

有几天下午，母亲有气无力地坐着，胳膊耷拉在厨房的餐桌上。那时候，其他人都不在家。我把面包切好，涂上点橄榄油，把盘子推到她那边去，但没有推得很近。我在她对面坐着，开始吃起面包来。我用手指又推了一下盘子。她要是觉得没人强迫她，也会吃一片或者咬一口，就像一种条件反射。她慢慢嚼着，好像已经不习惯吃东西了。

"没盐味儿。"她突然说。

"对不起，我忘了放盐。"我说着把盐罐递给了她。

"没事儿，不放盐也行。"她把拿在手上的面包吃完了。

接下来的几天，她又不说话了，好像声音都被她咽了下去。

有个星期天，我正在切洋葱，准备做蔬菜汤。她看到了，说："你们老是喝汤啊？"她忍不住说了一句，"你不会做拌面酱吗？"

"不会。"

"放点油，开小火煎。"我们等到洋葱煎成了金黄色，散发出了香味。她打开装有番茄酱的瓶子，就是我们八月份做的那些，我把番茄酱倒进平底锅里。她教我控制火候，还告诉我要放哪些香料。

"我来捞面。"她接着说，"你还不熟练，会烫着的。"

我为家人做好了番茄酱通心粉，大家吃到了一餐正常的饭，看起来都很高兴，但谁也没开口说话。母亲只吃了几块上面没什么酱料的面。她和其他人坐在一起，就像维琴佐在世时一样，但她把盘子放在腿上，放在桌沿下面，低着头吃饭。

22

一辆乳白色的奔驰汽车停在了镇子中间,那辆车周围很快就围了几个好奇的小孩。两个男人从车上下来,一个留着胡子,另一个戴了顶宽檐的白帽子。我透过窗户看到了他们,他们向一个小男孩问了什么事情,小男孩朝我这边指了一下。这两个人看起来像是吉卜赛人,我有些害怕,但他们并没来按门铃。他们靠在引擎盖上,一边等,一边在抽烟。我偶尔会从楼上看着他们,不让他们发现。

父亲从砖厂回来,走到楼下时,他们好像认出了他,就把烟头扔在了马路上,迎面向父亲走去。父亲只是放慢了脚步,从远处看了看,没理他们,就径直走到了大门口。他们挡住了父亲的路,我从手势判断出,最先说话的是留胡子那个人,也许他想上楼来。我打开一扇窗,想听听他们在说什么。

"吉卜赛人不能进我家。说吧,你们想干吗?"

一辆从路上驶过的汽车的马达声掩盖了那人的回答,接着,父亲又抬高嗓门说:

"就算我儿子欠了你们钱,我不知道,也不想知道。你们找他要去。"

父亲跟前的那个人拍了一下他的手臂,像是要让他平静下来。父亲推了他一下,那个人的白帽子飞了出去。阿德里亚娜来到窗边,跟我一起看下面发生了什么,我们都屏住了呼吸。

什么都没发生:那两个人回到车上,把车子开走了,我们的父亲用力把门摔上,走上楼来。

几天后,我们放学时,又有几个吉卜赛人在等我们,不是之前那两个,他们的车看起来要小一些,还有多处擦痕,我们用眼睛的余光看着他们。阿德里亚娜抓着我的手,和她的几个同学走在一起。我们沿着人行道走,他们就跟在后面,离我们只有几步远,最后那辆车超过我们,停在了前面等着。过了广场,其他女孩都拐弯走了,就剩下我和阿德里亚娜两个人了。没开车的那个小伙子下了车,似笑非笑地朝我们走过来。妹妹紧紧抓着我,她的手掌都出汗了,她的意思是,我们只能向后撤退。那一次,她比我更害怕,她之前听人讲过吉卜赛人绑架小孩的事情。我们很快掉头,朝着学校走,但在烟草店的拐角处差点撞到了在找我们的那个人怀里。

"你们为什么要跑?我又不是要找你们麻烦,只是想问个问题!"

那个小伙子可能有二十岁，从近处看，他没那么令人害怕，反而很吸引人。阿德里亚娜也放心了，她松开我的手，对着那个人伸了伸下巴，表示他可以问了。也许面对两个女孩，他有些窘迫，他尽量表现得很礼貌。他问，维琴佐有没有留下东西给他们，给他的朋友？那些东西是不是在我们手里？

"我哥哥怎么会把东西留给我们呢？他又不知道自己会死。"

阿德里亚娜这个简单的回答，让那个人有点蒙。他说，维琴佐之前想买一辆摩托车，找他们借了钱。就在出事的前几天，维琴佐说，他已经准备好还钱了。他问我们能不能找找那些钱。

"你觉得他会把钱带回家？他在河边搭了个木棚，把东西都藏在那里。"机灵的妹妹骗他说。随后，她给那个人胡乱指了指木棚的位置，我们摆脱了维琴佐的债主。

午饭后，我看到她把一个旧鞋盒夹在腋窝下。她小声跟我说，让我和她到地窖去。

"哥哥死后，我就是在这里面找到了他的戒指。"下楼时，她对我说，"但里面还有其他东西，现在我们要好好看看。"

我们把自己关在地窖里，我把哥哥的秘密世界——那个鞋盒的盖子打开了。里面有一串钥匙，但并不是家里的。还有一把崭新的折叠刀，一个钱包，钱包里装着身份证，身份证上的照片看起来像个通缉犯。一只鼓鼓囊囊的袜子，里面装了些东西。我小心翼翼地把手伸进去，一摸到里面的东西，我就知道是什么了。那是一卷用皮筋捆起来的钞票，我把钞票拿出来，阿德里亚娜的脸色变得煞白。钞票的面值从十里拉到十万里拉不等。这就是那些吉卜赛人想要的东西。不知道这些钱是不是他们的，或许是维琴佐老老实实做工挣来的，他想把这些钱存起来，来买摩托车。

阿德里亚娜用手指检验了一下钞票的真伪，这是她第一次摸到这么多钱，之前偶尔接触的钱全是钢镚儿。她愣住了。

"这个老头儿是谁？"她摸着一张五万里拉钞票问，那张票子上印着留着胡子的达·芬奇。她说话声音很小，好像担心有人藏在周围的破烂玩意里。

"现在怎么办？"我问她，同时也是问我自己，"钱太多了，我们不能留着。"

"你说什么呢？钱永远不会多。"她把钱紧紧攥在手里，手指有些颤抖。

她十分贪婪地看着那些钞票。看到她这么激动，我有些震惊。我从没体验过饥饿，所以生活在这些饥饿的人中间，我无法理解他们的反应。以前优越的生活让我与众不同，让我和家人格格不入。我是一个被别人抱养的女孩，但现在又被送回来了。我和他们说不一样的语言，我已经不知道自己属于谁了。我羡慕镇上学校的那些女生，甚至羡慕阿德里亚娜，因为她们很清楚地知道自己的母亲是谁。

妹妹开始想象我们要买的所有东西。维琴佐攒的钱就在眼前，她脸上神采奕奕，她睁大眼睛，表现出一种异乎寻常的渴望。地窖的楼板下挂着一盏白炽灯，阿德里亚娜在灯光下梦想着要买很多大件，要买电视，要给维琴佐买个墓碑，还要给父亲换辆新车，我不得不把她拉回现实中来。

"钱不够吧。"我一边说，一边用手摸她的额头，好像她在发烧。

"跟你真是没办法说。"她有些不耐烦地说，"一会儿说钱太多了，这会儿又不够了。"

她旁边有轻微的响声，纸板下面好像有东西在动，我看到她吓得抖了一下。她用脚踢了一下纸板，一根细长的尾巴消失在装有干辣椒的箱子后面。

"我早就知道。"她小声说，"我们不能把钱放在这儿，不然会让耗子给啃了。我们把钱拿上去，但一定要提高警惕，要是让塞尔焦找到这些钱，那就完了。"

傍晚，殡仪馆的一个男人来了。那段时间，总是有人等着一家之主回家。办丧事的人没有说太多客套话，他要求，给维琴佐办葬礼欠的钱，至少先付他一半。父亲说让他再耐心一点，砖厂也许要破产了，砖厂老板已经拖欠工人几个月的工资了。

"我一拿到钱就给你，我以我儿子的名义发誓。"他说，那个男人同意再给他一周时间。

我和妹妹低着头听他们说话，俩人都避免看彼此的眼睛。我们想了想第二天的安排，计划去购物。第二天下午，商店开门的时间一到，我们就出了门，外面下起了鹅毛大雪。阿德里亚娜急需一件大衣，我们很快走到了镇上唯一的服装店，那家店是一个女人在打理，她看起来像一颗长着脑袋的土豆。她的手臂垂放在身体两侧，无精打采的，两只手短而肥大，只在不得已时才会动一动。店里很明亮，有一股陈旧的布的味道，布料上也落满了灰尘。我们走了进去，店里面很温暖，煤油炉散发着热气，她用狐疑的目光打量着我们。

"你们自己来买东西啊？啊，对了，你们的哥哥刚死，你们的妈妈肯定不会陪你们。她真可怜啊，老是去墓地，真没想到啊。"她滔滔不绝地说，紧接着又说了句，"你们带了钱的吧？"

阿德里亚娜掏出一张五万里拉的钞票，放在店主眼前，快要蹭到店主的鼻子了,然后她把钱对折放回了兜里。接着,我们不慌不忙地选了一件森林绿的呢子大衣,选了大一号的。

"我上中学的时候还得穿。"妹妹对店主说,她努力想从镜子里看看衣服背后的褶子。她把那件旧大衣翻过来,留在了店里的柜台上,那件大衣的衬里有一半都开线了。

晚些时候,阿德里亚娜穿着新买的皮鞋,走在回家的路上,她走路很小心,以免弄坏了皮鞋。我们提着奶酪和点心,不知道要怎么解释下午买的这些东西。我们会说,我们捡到一个钱包,里面有些钱。

"我觉得,我们不能把这些吃的藏在地窖里,大家一起吃吧。"她作出了让步。

没人问我们什么,母亲一直很伤心,父亲一心想着怎么还钱。几个哥哥吃了我们准备好的面包,上面抹着榛子酱。我给朱塞佩喂了几口吃的。

那个星期,我们买了所有想买的东西,不过都很便宜,尤其是甜食。晚上,殡仪馆的人又来了,我们叫了父亲很多次,让他到我们房间里来一下。他终于过来了,我们把钱塞在了他手里。就这样,相当于维琴佐自己出钱办了葬礼。

23

还有一个星期就是圣诞节了。吃午饭的时候,我看到光秃秃的桌子上摆着两箱橙子,那是我在这个家里从来没见过的水果。旁边的纸箱子里堆满了罐头,有些是金枪鱼,大部分是肉罐头。那天早上,我和阿德里亚娜在上学时,肯定有人来家里悼念了,这个人可能没赶上那天的葬礼。除了橙子的香气,我还时不时闻到另一种香气,味道很淡,我不确定是否真的有,就像在梦里一样。

朱塞佩咬了一口橙子皮,觉得有点苦,就坐在角落里哭了起来。母亲在屋子里喊头痛,要躺一会儿,她没有做饭,让我们打开一盒罐头吃,还让我们好好看着弟弟。她已经重新开始做一点家务了,偶尔也会突然又躺到床上,睁着眼,眼神空洞,一躺就是好几个小时。

我从朱塞佩咬开的地方下手,剥了一个橙子,喂他吃了一瓣。橙子有点酸,他眨了眨眼,小嘴儿撇了撇,后来习惯了,尝到甜头后,他还想吃。阿德里亚娜开了一盒肉罐头,我们轮流用叉子把肉从罐头里叉出来放进嘴里。之后,她抱着弟弟到楼下的寡妇家去了,剩下我一个人。我父母的房间里一片寂静。

那天下午没有作业,我觉得无聊,也很不安,就在家里晃来晃去。桌子上的水果色彩鲜艳。我那个住在海边的妈妈很注重补充维生素C,每次我去上舞蹈课,她都会给我剥两个橙子,让我车上吃。她说,做运动前,吃橙子对身体有好处。我想到了舞蹈课,就径直走到了储物间。我找到了八月份我来时带的那个包,里面装满了鞋子。我在包里翻找,从底部摸到了那双舞蹈鞋,随后来到厨房把舞蹈鞋换上,那天我穿了一条格子裙。舞蹈鞋的缎带有点儿脏,而且松开了,我刚穿上鞋,大脚趾就有点儿疼,就像每次暑假过后那样。窗外有一道光照了进来,洒到我的腿上。我摸了一下脚背。小腿的肌肉已经不那么紧致了,但还是有的。我的手轻轻扶在椅背上,试着把脚放在"第五位",然后做了一个"擦地",以"屈膝"动作结束。

"我跟她说了,你必须回城里去念高中,学学这些好东西。"母亲站在房间门口说,她打开手掌,像在欣赏我跳舞,"今天早上阿达尔吉莎来过,我们聊了聊你的事。自打你回到这儿,我和你爸爸就在考虑这个问题。那个自以为是的佩丽里老师可以闭嘴了。这儿什么也没有,你在这儿是浪费了。明年十月,你要去一所好学校上学。阿达尔吉莎同意了。"

橙子以外的味道不是幻觉,我知道那是谁的香气了。

"那么,他们要把我接回去……"我很艰难地说出这句话,声音像是从牙缝里挤出来的。我感到双腿有点站不稳,但并不是因为刚跳了舞的缘故。我坐了下来。

"那倒不是,暑假结束时,她会在城里给你找个住处。"

"她为什么要趁我不在时来?她不能等等我吗?"

"陪她来的女人有些着急。阿达尔吉莎很晚才知道我可怜的儿子出事了,她想来看看。"

"怎么会很晚知道呢,我爸爸不是来参加了葬礼吗?"

"看来,你叔叔并没有告诉她。"她纠正我说。

"真是奇怪。她身体怎么样了?"

"嗯,还不错。"她匆匆忙忙地回了一句,然后侧过脸去,"你看到了吗,她让人送了这么多东西给我们。赶紧把这些东西放好吧。"她说着,开始把罐头往搁板上放。她又像往常一样,不再说这个话题。我也没再问她。她一个人小声嘀咕,自从维琴佐死后,她就更爱自说自话了。她自言自语,问罐头里装的是什么,问搁板怎么那么高,她都够不着了,还有她可怜的儿子那时候会在哪儿。

我坐在椅子上,没去帮她。一种极度的愤怒在我肚子里膨胀。起初,这种愤怒让我失去力气,吸走了我每条血管里的血。我像一个筋疲力尽的老太太，费了好大劲才把那双足尖鞋脱了下来。我把缎带理好，闻了闻鞋子，里面散发着之前那双脚无忧无虑的气息。突然，一种毁灭性的力量注入我体内，就像一种突如其来的疯狂。我把右手放在一个橙子上，那是当时我能拿到的第一样东西。橙子有个部位很软，已经烂了。我很粗暴地把手指戳到橙子里，一直戳到了另一头。我的手和橙子都在发抖，橙子的颜色让人联想到遥远的阳光。果汁顺着我的手腕流向胳膊，打湿了我的毛衣。不知道过了多久，我闭着眼把橙子朝墙壁扔过去，差点儿就扔到了母亲头上。她甚至没来得及转过身来，我已经把放在桌上的箱子推到了地上，橙子全都掉在地板上，朝着不同的方向滚动。

"你疯了吗？你要干什么？"

"我不是一个包袱，你们不要把我踢来踢去。我想见我妈妈，你告诉我，她在哪儿，我要自己去找她。"我站着，浑身都在发抖。

"我不知道她在哪儿，她没在之前的家里。"

我走到她跟前，把她挡在洗碗池那里。她穿着一件黑色衣服，我抓住她的肩膀，不管不顾地开始摇晃她的身体。

"好吧，我去找个法官，我要控告你们所有人。我要告诉他，你们把我像个玩具似的送来送去。"

我从家里跑出去，待在外面，天很快就黑了，我浑身冰冷。我躲在小广场最隐秘的角落里，看到家家户户的灯都亮了起来，窗户里是主妇们忙碌的身影。在我看来，她们才是正常的妈妈，她们把孩子生下来，亲自养育他们。下午五点，她们已经在为晚饭忙碌了，她们很用心，准备了很多好吃的，这才是冬天该做的。

随着时间的流逝，我不再想所谓的人之常情，如今我真的不在乎母亲是什么。我失去了母亲，就像失去了健康庇护所，或者说安全感。那是一种内心空荡荡的感觉，我很了解，却无法摆脱。转过头来，看着我的内心，那种荒凉感会在夜里让我睡意全无，或者刚入睡就会做起噩梦来。我唯一没有失去的"母亲"就是我的恐惧。

那天晚上，阿德里亚娜下来找我。两盏路灯都坏了，广场上一片漆黑，她很害怕。她站在大门附近，对着黑漆漆的一片空地叫我的名字，就像在召唤一只走丢的猫，要抵抗她的呼唤是很艰难的，但我还是尝试了一下。我隐约看到了她，她也是没穿大衣就下来了，她跺着脚、搓着手，好让自己暖和点。我心里默默地说：你回去吧，你进去吧。或许，在内心更隐秘的地方，我想的是：你等等我，等我准备好就回来。她好像听到了我的心声，对着广场大声说：

"要是你不出来，我就在这儿等，你会害我生病的。我已经流鼻涕了。"

我又等了一会儿就妥协了。我走到一盏明亮的灯下,她看到了我,跑过来拥抱了我。

"你这个坏蛋……"她说着,还摸了摸我冻僵的背,"你想到要逃跑时,都不想想我吗?"

我不饿,直接上床睡觉去了。隔着紧闭的房门,我能听到厨房里有人说话。接着,有人走进房间,我假装睡着了。我从穿着拖鞋走路的声音判断出,那个人就是母亲。她一定是知道我还没睡着。

"你把这个放在胸口上,要不然会发烧的。"她说着,把我的被子掀开了。

她把一块砖放进炉子里烤热了,用一块抹布包起来,这样就不会烫伤我了。一股暖流慢慢地扩散开来,直抵我的心窝。我的心跳也慢慢平静下来。

我很快就睡着了,睡得很沉,母亲可能是在我睡着后默默离开的。我后来没有发烧。

24

学校放假,还有半夜不断响起的钟声,让我意识到圣诞节来了。我躺在床上听钟声,我们没有去做弥撒,家里也没有鱼肉大餐。我们吃了烤热的面包,相比而言,我更喜欢吃前几年过圣诞节时吃的炖鳗鱼。我以前老觉得鳗鱼黏糊糊的,但出于对传统的尊重,也迫于妈妈的要求,我不得不吃点儿。

早上,附近的女人都记着我们家最近遭遇的丧事,都来看我们,每个人上来时都会带点过节吃的东西,有刺菜蓟汤、鸡蛋干酪汤、肉馅饼和鱼冻炖火鸡啥的。平安夜那天,砖厂的老板决定付一部分拖欠的工资给工人,所以父亲去食品店买了两块果仁糖。我们吃完肉,把果仁糖切成小块,大家坐在桌子边,津津有味地吃了起来,这顿饭吃得比平时要久很多。阿德里亚娜嘴最馋,嚼的声音也最大。突然,她尖叫了一声,用手托着腮帮子,跳着站了起来。她哭着跑进房间,我跟了上去。

她大张着嘴,把食指放在一颗虫牙上,那颗乳牙有一半都黑了。牙齿中间有一个洞,洞里有一块浅色的碎渣,也许是杏仁。这颗牙齿之前时不时会痛，这时候又痛起来了。阿德里亚娜从兜里摸出一根牙签，把虫牙里的果仁碎渣掏出来，然后把牙签的顶端放在我鼻子跟前。

"你闻闻，多臭啊。这颗虫牙不想自己掉下来，你帮我扯下来，我自己弄不动。"

我害怕弄疼她，但她坚持要我帮她。那颗牙看起来只有一边还连在牙龈上，有点松动，但还没到自然脱落的时候。我试着用手指推了推，它还是没掉。我用线紧紧缠着那颗牙，使劲拉，也还是没把它扯下来。

"你需要一个工具。"她提议说。

我们在厨房里找工具。其他人都不见了，桌子已经收拾得干干净净，洗碗池里有一堆脏碗等着我们洗。我打开几个抽屉，看了很多工具，不知道到底要找个什么东西。不能用刀，因为我不敢，可以用叉子。我们走到窗户边，面对着冬日快要落下山的太阳。阿德里亚娜把她下边那排牙露出来。我把叉子的一根齿放在她牙齿已经松动的地方。她双手下垂，没有动，也没说话。我把叉子往更里面戳了一点，从她的眼睛里看到了痛苦。她睁大双眼，身上其他地方没有动。我屏住呼吸，麻利地用叉子翘了一下，牙齿直接蹦进了她喉咙里，牙龈上开始冒血。阿德里亚娜咳了几下，哽咽着把带血丝的牙齿吐在我一只手掌上。她咽下口水,塞了一块破布在嘴里。

晚上,我趴在枕头上哭。我回到城里后,谁给她拔乳牙啊?她听到我在哭,下床来找我。我给她说了,我的两个母亲一个星期前刚见了面,她们决定要让我离开这儿。

"那你要走吗?"阿德里亚娜惊异地问,当时屋子里还没有漆黑一片。

"不是现在,是明年九月,我开始念高中的时候。"

"这不正是你希望的吗?"过了一会儿,她问。她的语气突然变得像个大人,话语中透露出一丝轻微的责备,但充满温情。"他们之前硬把你送回来,你很不高兴。你回来后,每天夜里都不睡觉,躲在被窝里哭。现在你要回城里了,难道不高兴吗?"

"完全乱套了,根本不知道事情会怎样。我要去哪儿,没有人告诉我。我妈妈会给我找个住处,也许是去寄宿学校。"

"她疯了吗?寄宿学校很可怕,那些修女很疯狂的,连你穿的内裤都要检查。"

"你怎么知道?"

"住在面包店后面的一个女孩去寄宿学校上过学。这些事儿都是她说的。"

"我并不担心修女。"我一边小声说，一边摸了摸她的头发，"我担心再也见不到你了。"我又开始啜泣起来。

我们俩有些绝望，她起身坐在了床上。

"这两个人，每次想把你送到哪里就送到哪里，不能再这样了，你得反抗。"她摇着我的一侧肩膀，鼓励我说。

"怎么反抗？"

"现在我还不知道，我得好好想想。总之，我们发誓不再分开。要是你走了，我会跟着你。"

她把两个食指交叉，亲吻了一下，很快把手翻过来，又从另一面亲了一下。我在黑暗中能隐约看到她的动作。我像她一样，发了誓。

我抱着她，她很快就睡着了，她的背靠在我的胸口上，她的背脊骨像是一颗颗念珠。当她又尿床时，我没有动，我的肚子感到了一阵潮湿。她偶尔会抖一下，甚至会突然笑起来，不知道梦到了什么。以往到了夜里，她睡着的样子会让我平静下来，那天夜里却没有。让我忧心的不是自己前途未卜，而是阿德里亚娜和朱塞佩。我尽量抑制自己的不安。在许下承诺后几分钟，我就不再相信我们会待在一起。九月份，我会一个人离开这个镇子。他们俩没了我该怎么办呢？阿德里亚娜也许没有问题，但弟弟呢？他还只会爬，我还没听到他叫妈妈或者爸爸。我说话时，每个音节都说得慢而清晰，嘴唇动得很夸张，好引导他开口说话，但他的注意力却在其他地方，他还没准备好开口说话。

朱塞佩现在生活在一家收容所里。他们对我说："他老是和同一个护工说话，那个护工休假时，他就不说话了。"

我每次去看他，都会给他带一些活页本，还有各种硬度的铅笔，他看着那些铅笔，用食指挨个儿摸着铅笔的笔尖。

"这些笔真好。"他对我说，接着他很严肃地说，"这是我这个月画的。"

通常他会画自己的双手：左手拿着纸，用右手画画。他也会画奔跑的动物，狗，或是飞奔的骏马，没有一只马蹄挨地。

朱塞佩是我的兄弟中唯一一个念完中学的，之后他在家待了几年。他越来越沉默，总是一个人待在一边，对外面发生的事一点也不关心。他现在待的那个地方，对他来说要好得多。那里曾是一个修道院，花园里总有阳光洒下来，若是天气好，白天，住在那儿的人就在花园里打发时间。

阿德里亚娜一般会陪我去，她会一直说个不停。当我一个人去时，我和弟弟坐在一张长凳上，很久都不说话。有时候，朱塞佩会送一片掉落在附近的叶子给我。

春天,我会给他带一篮子草莓去,我们在篱笆旁的喷泉里清洗草莓。他捏着草莓的叶子,把它们一颗一颗放在阳光下看一会儿,之后才吃下去。他观察着每颗草莓形状和颜色的差别。我怀疑,他是在数草莓表面的籽儿。

25

冬天很冷很漫长,家里也冷飕飕的。一大早,我就躲在被窝里学习——一楼的寡妇送了我一盏台灯,我把灯放在床边,我的手指都冻僵了,艰难地翻着书。三月,我在一个全国作文竞赛中得了奖,作文的主题是欧洲共同体,佩丽里老师交给我一个存折,户头写着我的名字,是意大利公共教育部发的。然后,她对着全班同学说:"你们应该为你们的同学感到骄傲。"她狠狠地看了一眼那些经常嘲笑我的同学,"整个意大利,只有二十位学生获奖。"

"其中一个就是这个被别人送回来的养女。"不出我所料,教室后面有人忍不住开始嘲笑起来。

放学的时候,我妹妹已经知道这件事了,不知道她是从哪儿听到的。回家的路上,她跑在前面,想给家人宣布这个消息。她激动地把那本存折拿给父母看。存折是红色的,里面的存款栏手写着三万里拉。

"这些钱在银行能取吗?"母亲看了一眼问道,她又把存折合上,放在桌子上,但是眼睛还死死盯着存折。

"这些钱不能碰。"父亲出人意料地说了一句,"这是她的钱,是她靠自己的脑子赚来的。"他歇了一会儿,又说了一句。

"她数学也拿了满分,她解数学题就像玩游戏。"阿德里亚娜转过身对着他们说。

我很喜欢那一年的立体几何,复杂的图形,放在平行六面体上的锥体、圆柱体和底面掏空了的圆锥体。我很喜欢用加减法计算面积和体积。我认为,高分是对我未来的一种保证,那是我的两位母亲为我构想的未来,虽然并没有问过我的意见。而我不确定自己到底想不想继续朝她们选择的方向走下去。第二年冬天,我会在城里念高中,但我在哪儿吃饭,在哪儿睡觉呢?我和我的朋友帕特能不能在下午见面?有时候,我不想面对那种不确定的生活,我宁可生活在镇上,和阿德里亚娜、朱塞佩,以及把我重新接回来的父母,甚至塞尔焦,还有另一个哥哥生活在一起。

佩丽里老师把拉丁语测验答卷发给我,她在答卷旁边打了九分[1],我高兴了一会儿,最后有点迷茫地看着桌上的那张卷子。要是我妈妈看到了,她一定会很高兴。我坚信,她虽然在很远的地方,但她对我的担心,超过了对她自己身体的担心。有时候我也很

---

1. 满分为十分。

难过,觉得她把我忘了,心里没有我了。我没有任何理由还活在世上。我轻声地重复"妈妈"这两个字,说了一百次,直到这两个字失去任何意义,变成了嘴唇机械的蠕动。我的两个母亲都还活着,但我却成了个孤儿。我的一个母亲在我还在吃奶的时候就把我送走了,另一个母亲在我十三岁时把我送了回来。我是一个没人要的孩子,不断经历分离,亲人也都很虚伪、冷淡,什么都不对我说。我不知道我来自哪里。事实上,我到现在都不知道。

我的生日是在春天,没有任何人意识到这一点。我不在的那些年,父母早把我的生日忘了,阿德里亚娜也不知道。要是我告诉她,她会用她的方式给我庆祝,她会围着我蹦蹦跳跳,把我的耳朵扯十五下。我没有告诉她那天是我的生日,零点刚过,我就给自己说了些祝福的话。下午,我到广场上去,在镇上唯一一家甜食店买了一块小甜饼。我要了根蜡烛,就是插在生日蛋糕上的那种。老板娘很好奇地看着我,没让我付蜡烛的钱,这算是我收到的一份礼物。

我来到地窖里,我知道火柴放在哪儿,很快就找了出来。我把自己关在阴暗的地窖里,有一道光透过天窗洒进来。我打开装点心的盒子,把它放在布满灰尘的旧碗柜上,下面垫着包装纸。我把蜡烛插在甜饼中间，点燃了。在一片漆黑中，那块甜饼孤零零地出现在那里，没有其他东西衬托，我无法把它想象成一个真正的蛋糕，一个正常大小的蛋糕。我看着摇曳的火苗，也许是我近距离的呼吸让它摇曳起来了。我没有具体的想法，内心除了害怕，还有一股光明的力量，就像那簇小小的火苗一样。燃烧的蜡烛开始往下滴泪，一直滴到了甜饼表面的那层糖上。我独自拍着手吹灭蜡烛，在黑暗中小声哼唱生日快乐歌。甜饼很新鲜，也很酥软，我吃得一点儿渣都不剩。最后，我上了楼。

晚上，有一个男人来到家里，邀请我们第二天，也就是星期天去他乡下的家里做客。当时已经有点晚了，他和父亲坐在厨房的桌子跟前。他右眼上绑着一块黑布，绳子绕了脑袋一圈，看起来像个海盗，除了后脑勺还有几撮灰白色的卷发，他的头差不多秃了。他的嘴角稳稳当当地叼着一截抽过的雪茄，雪茄头已经变黑了。他从来不把雪茄拿下来，所以说话时腮帮子会往另一边歪。我对他的样子既好奇，又有点害怕。

"现在，你老婆已经上床睡觉了吧。"我听到他说，"她还没从丧子之痛中走出来，这可以理解，你看着吧，明天呼吸点新鲜空气，会对她有好处。卡梅拉奶奶也想见见她，她一直念叨着呢。卡梅拉奶奶让我把这个交给她，你得把这东西放在床垫下面，放在她头枕着的那边。"

我刚才隐约看到了那个东西,好像是个布袋子,里面装了些什么。父亲把它揣进兜里,起身去拿一瓶葡萄酒,因为我和阿德里亚娜够不着。

"你是谁家的女儿?"那个"海盗"看到我是个新来的,突然问。

"她是我姐姐。"阿德里亚娜马上说,"她从小被父母送到了一个堂弟媳那儿,现在我们把她接回来了。"

"我知道这事儿。好吧,明天你也一起来,我们家什么都不缺。"他用剩下的那只眼睛看着我,鼓励我说。

阿德里亚娜睡在上铺,给我讲了那个眼睛上蒙着布条的男人的事。他是爸爸的一个朋友,住在乡下,那里种满了庄稼。小时候,一台拖拉机的履带卷起一块小石子,砸中了他的右眼,当时速度非常快,他右眼就瞎了。他嘴里老是叼着一截雪茄,大家都叫他"半截雪茄",但要是让他听到就糟糕了,他会发火。

"他的真名是什么?"我问。

"我不记得了,在乡下,我们得管那些年长的男人叫叔叔,大家都习惯这样叫,哪怕他们和你没有任何关系。"

"他带了什么东西给母亲?"我问,我探出身子,指了指父母那间房。

"不知道,也许是个驱魔符。他奶奶很老很老,是个神婆。很多人去找她算卦,或者开药。我得百日咳时,她给了我一瓶药水,实在太恶心了,我一口都没有喝。我肚子里生蛔虫时,是通过科学方法进行治疗的,天哪,她的药水太苦了!"

多年后我才发现,阿德里亚娜所谓的科学,其实就是野生苦艾,那位乡村女医生很熟悉苦艾的疗效。

第二天早上,我们坐上一辆破破烂烂的车出发了。两个哥哥没去,他们说每次去那儿都要帮忙干活,不想去。阿德里亚娜本来不晕车,然而刚一离开镇上,她就开始抱怨恶心想吐,可能是因为刚喝了牛奶。我们在弯道处及时停下来,她在路边把早餐全吐了出来,维琴佐就是在这儿出事的。他的身体飞出去之后,就落在了路边围栏那里。

阿德里亚娜呕吐时,我下了车,站在她旁边。母亲没下车,她关上车窗,用手蒙着脸,把头转向另一边去了。我看到她坐在副驾驶座,肩膀一耸一耸地在抽泣。

26

农舍里，盛开的洋槐花的香气朝我们迎面扑来，他们四世同堂，一大家子人都住在一起。打谷场上，每个人都在干自己的活儿。"半截雪茄"在磨镰刀，他用一把大铁锤有节奏地沿着镰刀的刀刃敲打。看到我们来了，他似乎真的很高兴。也许他跟家人说了我要来，没有一个人对我的到来表现出惊讶，他们只是好奇地盯着我，尤其是那些孩子。两个男孩正在草场上放羊，他们一边吆喝，一边吹着口哨把羊往前面赶，并停下来和我们打招呼。"半截雪茄"的妻子放下装鸡饲料的桶，进屋去端东西给我们喝。男人们喝茴香酒，她为女人和孩子准备了前一年酿制的酸樱桃汁。

"这个酸樱桃汁，你们爱喝的话可以带几罐回去。"她说。她转过头去，对着我们的母亲小声说："卡梅拉奶奶在等你，你知道她在哪儿。"

她从母亲怀里接过朱塞佩，动作很温柔，并用下巴指了指房子旁边的那棵百年老栎树。我不明就里，跟着母亲朝那边走去。没走几步，我突然停了下来。卡梅拉奶奶坐在一把很高的椅子上，椅背上有一些粗糙的雕刻，就像一个露天的宝座。卡梅拉奶奶穿着一件宽松的深色罩衫，衣服前面有一排扣子。我待在那儿看着她，她那种奇异的威严把我迷住了。她脸上的皮肤经历过一百个夏天的太阳照晒，就像她身后的树皮一样粗糙，她和那棵大树一样，一动不动，她的皱纹和树皮上的纹路一模一样。这位老太太已和栎树融为一体，在我眼里，它们看上去都是永恒的。

之后，他们告诉我们，有一次她已经死了，在阴间待了几天，但她受不了那里的孤独，就又回来了。

"卡梅拉大娘……"我母亲叫了她的教母一声，声音已经有些哽咽了。

"我的闺女啊，我都知道，我知道你现在的心情。"她只是稍微动了一只手臂，邀请我母亲到她身边去。她每动一下，我就能听到她老化的关节发出吱吱嘎嘎的响声。

母亲哭着跪在她身旁，脸朝上，把头放在卡梅拉奶奶怀里。卡梅拉奶奶那宽大而又饱经沧桑的手掌放在了母亲头上，抚摸着她。

"我这儿没有能治好痛苦的药啊。"卡梅拉奶奶坦然地说。她把手抬起来，威严地看着我母亲，过一会儿又把手放了下去，用粗糙的手掌抚摸着我母亲。

"早上好。"出于礼貌，我跟她打了一声招呼。

她全神贯注地盯着我，但我没看到她的眼睛，她的眼睑下垂，几乎完全遮住了眼睛，仅留有两条细细的缝，她仍然能通过这两条缝，看清这个世界。一个小女孩拿着一把刚刚采来的草跑了过来。

"这些草可以吗？"她气喘吁吁地问。

"草上面还有露水吗？"

是的，草上还有露水。那就好。她的重孙女把采来的草放在矮茶几上的一个杯子里，茶几就放在栎树的树荫下，我之前并没有注意到。茶几上放着一些瓶瓶罐罐，里面装着充满魔力的药物。还有一个油瓶，一个装水的盘子，是用来治疗眼病的。还有一把小刀，她用这把小刀在生病的部位划来划去，但不会刺穿。

就在那时候，来了一辆车，从车上下来两个人，是来找卡梅拉奶奶算卦和治病的。

母亲站了起来。老奶奶对她说：

"你生来就命苦，不过，你这个闺女命好，会有出息的。"她一边说，一边用手指指着我。

她有好几个小时都在接待客人，有时候，打谷场上甚至排起了队。"半截雪茄"的老婆给我解释说，这是因为现在是下弦月出现的时候，是驱赶厄运的最佳时机。

那天，我们并不需要干农活，只是去地里采了一些中午要吃的蚕豆。他们给了我们几个篮子，让我们去地里采蚕豆，朱塞佩留在农舍里，由一个很喜欢他的小姑娘看着。一路上，我们听到鸟儿叽叽喳喳的叫声，燕子不停地在我们头顶飞来飞去。这些燕子叼着虫子，飞回筑在牛棚房梁上的窝里，给刚孵出来的小燕子喂食。我们沿着大麦地走，麦田里毛茸茸的麦穗还没成熟。经过了一个冬天，我走在暖融融的太阳地里，踩在柔软的草地上，感觉晕乎乎的。菜园里种着一畦畦笔直整齐的蔬菜，垄沟里长着一颗颗生菜，排列非常均匀。番茄地里，番茄秧还没有长大，显得很娇弱。

我们来到了蚕豆田。我摘下第一个豆荚，但是我笨手笨脚，差点就把细弱的蚕豆茎弄折了。我忧心忡忡地看着那株蚕豆。

"你到这儿来，我教你要怎么摘。"母亲说，"你一只手放在这里固定住，另一只手采蚕豆。"

我在她身边，我们用同一个篮子装蚕豆。其他人离我们有一段距离。

"你尝尝，可好吃了。"母亲给了我一把嫩蚕豆。豆子有一股清香，像清晨的气息，让人觉得把它们咬碎太可惜了。

我们往前走，继续采蚕豆。在叶子上，偶尔会看到一些白色泡沫。母亲解释说，那是布谷鸟吐的唾沫，卡梅拉奶奶有时会把它们用在药水里。直到不久前,我无意间读到,打屁虫的幼虫会吐那种东西,这才恍然大悟。

"这儿的一切都照料得很好,井井有条。"我叹了一口气说,"我的生活也能像这片地一样就好了。"我不禁说了一句。

也许这个地方很容易让人袒露心声,也可能我是受了卡梅拉奶奶的影响。

母亲在听我说,但她没回答我。

"你把我送给你堂弟媳时,我多大?"我轻声问,语气里有一丝疲惫,但没有愤怒。

"你当时六个月了,我正在给你断奶。你睡觉也慢慢规律了,阿达尔吉莎每个星期都来看你,她想把你带回家。"

"为什么呢?"

"很多年以来,她都想要个孩子,但一直没怀上。"

其他孩子在离我们几步远的地方,他们一边采蚕豆一边吃,我们时不时会听到阿德里亚娜的尖叫声,随后又是一阵笑声。

最开始,我母亲拒绝了阿达尔吉莎,后来她怀上了第五个孩子,父亲又丢了工作。一天夜里,他们关上房门,在房间里讨论,那时我正睡在摇篮里,几个哥哥在另一个房间里睡觉。他们最后妥协了。

阿达尔吉莎就是想要我，我那时候还小，又是个女孩，比较容易培养感情。我很小，还不认人的时候，她就把我抱走了。

"她没从我们家拿走任何你需要的东西，都给你买了全新的。我把你的东西留给我肚子里的孩子，但过了二十来天，我就流产了，差点儿大出血死了。"

"你就不能把我重新接回去？"我小声问。

"阿达尔吉莎不会把你还回来的，她已经在用自己的方式抚养你了。"

我坐在地上，下巴抵着膝盖。我的眼眶有些疼，我努力克制自己，不让眼泪流出来。母亲站着，把装满蚕豆的篮子挂在一只手臂上。那时候已经是中午十二点了，她默默流着汗。她并没有走到我身边来，安慰我，哪怕我们之间只有一步之遥。

打谷场那边，他们在叫我们回去吃午饭。我们离开蚕豆田，走到了畦间小径上，所有人都从同一边出去，在我们的脚边，是一垄垄旺盛的蔬菜。

"你们怎么绷着脸？"阿德里亚娜兴高采烈地问。

凉棚底下，一张长桌子上已经摆好了吃的：有刚出炉的面包，热乎乎的，可以就着橄榄油、生蚕豆吃，也有用新鲜洋葱炒的蚕豆，一块块羊奶酪，还有前一年杀猪做的火腿。阴凉处的炉子里还在烤肉。我父亲在和"半截雪茄"聊天,他们一边喝上一季酿的葡萄酒,一边夸赞着酒的劲道和色泽。我从没见过父亲那样笑,这时候我才发现,他缺了好几颗牙。

卡梅拉奶奶坐在栎树的树荫下,没有挪动,他们给她拿了些吃的去,但她吃得很少,而且不吃肉。午饭吃了很久,在我们吃饭时,她还在继续接待客人,用那些古老的咒语还有膏药为病人治病。

卡梅拉奶奶在一百零九岁时去世了,临终前,她还是坐在平常坐的位置上。她停止呼吸时,一阵热浪突然袭来,把栎树的树冠都烤干了,每片叶子都枯了。家人马上就发现她去了。葬礼后,第三天夜里,栎树树干倒在了地上,发出的声响把整个村子的人都吵醒了。还好,树倒下来没有砸到房子。那棵树为"半截雪茄"一家提供了好几年的柴火,他们可能现在冬天还在烧那些柴,谁知道呢。

27

快到中午时,我们在小广场上玩。埃尔内斯托的儿子跑过来跟我说,下午四点会有人打电话给我,让我去他家小卖部接。他没和打电话来的人说话,也不知道那人是谁。我马上开始想,打电话来的人会是谁,吃午饭时,我都对土豆烧豆角失去了兴趣。

那天早上,母亲陪我去学校领了初中毕业证。自从维琴佐死后,她一直穿着一身黑衣服,那天也不例外,她穿了一条有点变形的裙子,还有一件洗得发白的衬衣。我从张贴在走廊里的成绩单上看到了我的成绩——优秀,母亲一点也不觉得意外。她认为,这对我来说很容易,她并不知道我考拉丁语时有多痛苦,有几个词的意思太容易混淆了,我脑子里一片迷茫。考到最后,老师走过我的桌旁,做了两次"o"的口型,我脑子马上就清醒了,就像一场魔法吹走了笼罩着我脑子的乌云。

我走进教室,等着老师颁发毕业证,我感觉母亲的手触碰到我的后背,最后稳稳地放在了我的肩膀上。我缩着头,像一只被丢弃了很长时间的狗,有人摸一下时,感到既害怕又欣慰。但很快,我就移动一下身子，摆脱了母亲的手，稍微离她远了点。她让我感觉到羞耻，她皲裂的手，她身上穿的掉色的丧服，她嘴里说出的每一句话，都让我觉得羞愧。她的语言一直让我感到羞愧，她努力想表达得体，这使她的方言更加可笑了。

公共电话亭在埃尔内斯托的小卖部后面，在太阳底下晒着。我在那儿闻到一股劣酒的气味，几个老年人含糊不清地说着话，天气那么热，他们那么早就在那里喝起酒来了。我提前到了那儿，坐在一张破凳子上等电话，我每动一下，凳子也跟着晃一下。我听到第一声铃响，就马上站起来，埃尔内斯托在那边接了电话，然后让我去电话亭接。过了那么长时间，我害怕拿起电话，害怕再听到她的声音。我进去后先关上电话亭的门，马上又打开了，有点儿喘不上气来。我迟疑了一会儿，我想我应该马上拿起话筒，否则她可能会挂断电话，也许永远不会再打来。我说了一声"喂"，听筒里是我急促的呼吸声。

我想她会很激动，但实际上她并没有。她的声音在我耳边响起，轻声问我近来怎么样了，那声音里有一丝不安。

"你怎么样了？"

"谢天谢地，我还好。你倒是说说，你怎么样了？"

接下来是一阵沉默，但她很快打破了沉默。

"我知道你是学校里成绩最好的,我早料到了。"

她太让我震惊了,距离那么远,她都能马上获得我的消息。几个小时前,毕业证颁发仪式结束后,佩丽里老师让我母亲留下来,她们在教室聊了一会儿。

"您女儿是最优秀的,她很有学习天赋,浪费了就太可惜了,我们已经讨论过了,您还记得吗?"佩丽里老师盯着我母亲问,"这是城里三所高中的名字,你们好好想想,然后告诉我,你们打算让她上哪一所。要是你们不介意的话,我也想了解她以后的学习情况。"她说,然后给了我母亲一张纸条。

另外,她包里还带了些让我暑假看的书。最后,她把我的脸捧在手上,像是捧着一块珍宝,并吻了一下我的额头。她的戒指勾住了我的一缕头发,当她把戒指从头发上解下来时,还有一根头发绞在了那颗巴西紫水晶上。我并没有告诉她,这样,我身体的一小部分还能和她多待一会儿。

我母亲走到门口,忽然想到了什么,她转过身,对着佩丽里老师说:

"老师,我没上过学,但我也不傻。我也知道,她的脑袋适合学习。"她摸着我的头说,"我们会想办法让她继续读书的。"

听筒里,她的声音和以前不太一样了,通过长距离的线缆传过来，听起来要更饱满，更圆润。她的声音听起来并不悲痛，也不像在生病。有那么一瞬间，我甚至以为她的病已经好了，她就要来接我了。她打电话来是这个目的吗？一阵焦灼的渴望刺痛了我的喉咙，这样美好的憧憬，让我有些意外。我已经不知道自己到底想要什么了，只是感觉到一阵迷惘。她很平静地说：

"你母亲也许已经告诉你了，我们想把你送到一所好高中去，你应该上好学校。"

听到她很自然而然地说出"你母亲"，就好像她已经不是我妈妈，而只是一位会资助我读书的有钱的阿姨，我的心一阵发寒。

"所以，我会回家去住吗？镇上一所高中也没有。"我歇了一会儿，问道。

"我很想让你上奥索里内高中，那是一所很好的女子寄宿学校，费用由我来出。"

"算了吧，想都别想。我宁可不上学，也不去寄宿学校。"我干巴巴地回了一句。

"我们看看，还有没有其他方法，要不然找一个信得过的寄宿家庭。"

"我为什么不能回家和你们住在一起？我到底做错了什么？你们就这样容不下我。"我几乎在大喊大叫。

"你没有做错什么,我现在没法给你解释,但我很希望你继续上学。"

一个男孩来到电话亭外,很不耐烦地走来走去。我从里面摔上门,拧了一下把手,把门锁上了。

"要是帕特里奇娅的父母愿意收留我呢?"我用一种挑衅的语气说。

"我认为那家人不合适。但你别担心,我们有的是时间来安排。"

我听到电话那头传来一阵声音,像是在拖动椅子。接着,我好像听到有个男人在说话,但不敢肯定,我还时不时听到电话受到干扰的声音。

"你和谁在一起,爸爸吗?"我问,那时我已经浑身是汗了。那个男孩敲了敲玻璃门,然后指了指他手上戴的表。

"不,是电视里的声音。"她回答说,"对了,我还想送一台给你,我知道你们那儿没有。"

"你们会亲自把电视送过来吗?"

"我不能,我给你寄过去。"

"那算了,别浪费钱了,我不想要。你们已经决定了,我九月份就要离开这里,不是吗?夏天我们都在街上玩儿,没人看电视。"

我希望能激怒她,但她没有任何反应。她很着急,比那个在

148

外面走来走去、喘着粗气等电话的男孩还要急。我又听到她身后有男人说话，但听不到他在说什么，然后我还听到奇怪的叫声。她保证会再打电话来，还说我们也会见面。她急匆匆地和我说了一声再见，没等我回应，就挂了电话。我待在那儿，手里握着被汗水浸湿的听筒，嘴里还有一个没有说出口的"你"字，脑子里充满愤怒。我马上决定，我不再见她了，她不再是我妈妈。我甚至在心里叫她阿达尔吉莎，这是一个冷冰冰的名字。我真的失去她了，有几个小时，我认为我能够忘了她。

"原来是你啊，被送回来的丫头。"当我出去时，那个男孩对我说，他看着我，吐了口痰在地上。

"你最好慢慢打你的电话，等下我叫几个哥哥来，他们会揍扁你。"我咬牙切齿地威胁他说。

午后，我用手指给朱塞佩梳头，他睡在我床上，一动不动，很享受，他很喜欢这样。时隔一年，阿达尔吉莎再听到我的声音，不知道她费了多大的劲儿才能忍住不哭。或许，好几次她都不得不用手捂住话筒，不让我听到，我很了解她的这个动作。她现在还没办法把我接回去，那一定是有什么不方便给我解释的原因。事实上，像我这样的小女孩，是不可能理解所有事情的。我确信，即使现在还没人说这件事，有一天我会回到家里。那会是一个大的惊喜，一个美丽的惊喜。

她总是想着我，为我的未来操心。我们还会见面。我还想要什么呢？我像个忘恩负义的人一样跟她说话，但我没办法再联系到她，向她道歉。我的几滴眼泪落在朱塞佩脸上，他睁开了双眼。

我后悔没要那台电视。我去上高中时，电视可以给阿德里亚娜带来安慰。之前，家里曾经有过一台二手电视，那是别人送的，没过几个月就坏了，没办法修，也买不起新的。我来这儿之前，他们把那台坏了的电视放到了楼下的地窖里。那年冬天，我们坐在一楼寡妇家的沙发上看完了《桑德坎》。我们和她一起，一边嚼着烤鹰嘴豆，一边为玛丽安娜而哭泣，"纳闽的珍珠"死在了"马来西亚之虎"坚实的怀抱里，我们对"马来西亚之虎"很着迷，但他说，再没女人能得到他的爱了。

我有点沮丧，我一时冲动说出那么傲气的话，一台电视就没有了，我将来不在家时，阿德里亚娜也没什么消遣了。

六月的那一天，我内心一直揣摩着我的两位母亲。现在，我还时不时会想起我的亲生母亲在学校抚摸我肩膀的情形。我不断问自己，她一直都对我那么生疏，很少有身体上的接触，那次她为什么要把手放在我肩上。

28

时间过去了一年多，这一年比之前我度过的十几年加起来还要漫长，也比之后要面对的那些年更漫长。我还太小，被生活的激流推动着，无法看到自己的处境，也看不到自己被抛入了怎样的一条河流。

我一只手拎着一个箱子，另一只手拎着满满一包鞋，走上了陌生的楼梯。我父亲四处寻找停车位，他在城里开车还不够娴熟，他提前就对我说明了，一路上他没再说什么。开到十字路口时，有几次父亲不确定往哪边走，后面的人按了喇叭催促他。我帮不了他，离开镇子之后，我很难过。离开的时候，我一只脚在门里，一只脚踏了出去，朱塞佩在大哭，我母亲抱着他，他拉着我的手，不想让我走。你走吧，走吧，她几乎是吼着对我说的，我们就这样分开了。阿德里亚娜生气了，她一个人躲进了地窖里，没有和我告别，因为我们说好了不分开的，我违背了誓言。

我们费了一番周折，最终还是来到了地址上写的那个地方。那栋楼离沙滩有两公里远，和我即将上的高中隔了几条街。我一从车上下来，就站在楼下打量那栋楼，楼房很朴素，很坚固，外墙是浅褐色的。眼前那栋楼和我一年多前住的那栋楼在相反的方向，在城市的另一边。四楼有一扇门半开着，在迎接我们到来。我在门口停了一会儿，好让自己的呼吸和心跳平静下来。我正要敲门，门就徐徐打开了，一个体型庞大的女孩出现在门口。我当时就是这么觉得的，和我比起来，她真是又高又胖。她很大方地说了一声"你好"，这一声"你好"很热情，让人心里很舒服。她的声音很好听，像银铃一样清脆，她说完话，声音回荡在耳边，过了一会儿才散去。

"你进来吧，我母亲过一会儿就回来了。"她说着，帮我提起了行李。

我跟着她，走进了我们一起住的房间。在我床上有两个鞋盒子，还有上学要穿的新衣服。所有东西摆得井然有序，就像送给过几天要出嫁的新娘的礼物。桑德拉带我看了看书架，我将来要用的课本占了整整一层，笔记本放在书桌上，旁边还有一个计算器。阿达尔吉莎不久前刚来过，她总是这么慷慨。

"这些东西是你阿姨带来的。"桑德拉说。

也许是因为我对这些礼物并没有表现出太多的热情，她睁着棕色的眼睛，很吃惊地看着我。虽然我需要这些东西，我当时身上穿的衣服并不怎么样，但我不喜欢通过那种方式接受礼物。

我也从下往上，仔细打量着她。尽管她身材庞大，但看起来不像有十七岁,因为她的皮肤像小孩一样干净,她的脸就像一张放大的娃娃的脸。

她母亲在楼梯上碰到了我父亲,他俩一起进来了。我父亲不记得接待我的那家人姓什么了,他走了几层楼,按了好几家人的门铃。碧斯太太正好遇到他,解决了他的难题。我父亲跟在她后面,听她说话,虽然她离开家乡很多年了,但她的托斯卡纳口音还是很明显。碧斯太太把我们带到厨房,请我们吃了一些刚出炉的烤饼干,她还给我父亲倒了一杯红酒,用来蘸饼干吃。

"这酒是我从佛罗伦萨带回来的,我大女儿在那里生活,您尝尝。"她等着父亲品尝后作出评价。然后她转过身来,看着我,出于礼貌,我也吃了一块饼干。她从头到脚看了我一眼,说:"你真是太瘦了,你看看我们!"她指了一下她自己和女儿,一边笑,一边抖着她丰满的胸脯。她凸起的腮帮子和下面突出来的虎牙,让我联想到一只快乐的斗牛犬。

我现在都很肯定,碧斯太太看到我第一眼,就知道我的问题不在食物上。我和她一起生活的那几年里,她给予了我很多关爱,赞赏我在学习上花的功夫。我晚上总是很难入睡,她让我养成晚饭后喝安神茶的习惯,但她从来都没有试图取代母亲的位置。她做的已经远远超过了她本应做的。

早上，她会到房间里来叫醒我，常常看到我已经睁开眼睛在看书了。"你看看那个大懒虫。"她说，那时她那体型庞大的女儿还在被窝里睡觉。我们一起笑了，她叫桑德拉起床。

我现在仍然很感激她，但高考完以后，她就没再让我去找她。我很怀念去探望故人的那种习惯。

那天下午，父亲离开前，我在床上那堆衣服里找阿德里亚娜能穿的，但那些衣服对她来说都太大了，唯有一顶帽子和一条围巾她能戴。我给她写了一张纸条：你不要生我的气，星期六一放学，我马上回去，你三点钟到广场上等我。我把所有东西一起交给父亲，让他带给阿德里亚娜。

"要是她不听话，你就扇她耳光，就当是你自己的女儿一样。"父亲走到门口，对碧斯太太说。他不会说"您"。现在我认为，他是用自己的方式，很笨拙地请求碧斯太太像母亲一样疼我。

"星期六你坐车回来时，要当心一点，从城里只有一趟车回我们那儿，你一定要赶上。"他对我说，接着他对房东太太说："第一次，你可能要陪她去车站，省得她走丢了。她还不知道学校在哪儿，第一天还要麻烦你送她去。"

他说得好像我是他女儿一样。父亲从来没有操心过我的事，事实上，他也没为其他儿女操心过，或许是我没看到。我有点儿感动,把头埋了下去。

"把背挺直,不然你会变成驼背。"

他用力拍了一下我的肩膀,让我把背挺直。我待在那儿,背上留下了父亲厚实的手掌印。

过了一阵,桑德拉看到我有些迷茫,就说:

"我来帮你收拾行李吧。"

"我可不可以在墙上贴点儿东西?"我问。

"当然可以,来,给你图钉。"

我在墙上贴了一幅画,那是我妹妹在一个下雨天画的,那场雨下完后,夏天就结束了。画上画的是我和她手拉着手,荡漾在花丛间。我的一只手上拿着一本书,书的封面上写着"历史"。她的一只手里拿着一个三明治,面包中间夹着一片火腿,可以看到粉红色的瘦肉,上面还有白色的肥肉。她很爱吃火腿。她用铅笔勾勒出我们的表情:她微笑着,露出几颗牙齿来,而我没有。阿德里亚娜一直都是个天才。

我坐在书桌前,盯着挂在墙上的那幅画,我在画的旁边用图钉钉了一块手帕,那是阿德里亚娜放在头上遮太阳的,我偷偷拿走了,因为那一年她也用不上。有时,我看到她很灵巧地把手帕系在脑后,比如在我们采蚕豆的时候。

"这个东西让我流汗,但要是不戴上它,我就会流鼻血。"她说。

我在小方巾的角上钉上图钉时，闻到了阿德里亚娜头发的味道，心里觉得有些宽慰，就像一场高烧在渐渐退去。后来，我每天晚上都看着这块手帕，手帕上的几何图案都掉色了，上面的小房子、寥寥几笔画成的树、小篮子，都在黑夜里跳动起来，就像是被我的目光激活了一样。那时候，我会想起阿德里亚娜，还有我无法遵守的誓言。要是有一天我能把她接到身边，我就能兑现我的誓言了。我看了看房间的大小，里面还摆得下一张床，也许桑德拉、她母亲、她父亲（我已经认识她父亲了）都不会介意再多一个住客。他们会因为阿德里亚娜突然冒出来的一些风趣话而大笑，妹妹有时像大人一样犀利，一定会让他们很震惊。

相比于她而言，我是幸运的，我觉得我要好好补偿她。尽管我现在依然觉得，我们两个当中，我并不是那个适合生存的人。

不知道我不在时，她身上会发生些什么。每天夜里我都会做噩梦，梦见在她身上发生了不幸的事情。也许那个家里很容易出事吧，事实上，我们已经失去了一个哥哥。最开始的几天夜里，我睡不着时，都会想到她。那几年，我总是能找到睡不着觉的借口。我现在还在尝试一些解决办法，换一张新床垫，吃一种新药，找一种放松的技巧。我知道，我没那么容易睡着，睡着了，也会很快醒来，每晚都有同样的噩梦，还有令人害怕的东西在枕头上等我。

29

我习惯了那所房子和那个家庭。习惯了桑德拉的父亲——乔治先生，他性情温和，不爱说话。他是那个家里唯一的瘦子，他妻子已经放弃把他养胖了。但她成功地让我的体重增加了不少，她就像一个善良的女巫，想养肥我，但并不会吃我。她总给我盛很多饭，我会把它们吃光，我觉得把饭剩在盘子里很难为情。

第一天，就像我父亲要求的那样，碧斯太太送我去了学校。我记住了路线，那是最近的一条路。每天早晨上学途中，走到一半时，我都能听到一家人阳台上被关在笼子里的金丝雀婉转的叫声。

"送到这儿就可以了，谢谢。"当我们走到一个能看见学校的地方时，我对碧斯太太说。学校那栋楼是浅黄色的，一些孩子成群结队聚集在校门口，大声地聊着天，等着进去。

我一个人朝着打开的校门走去，又激动又害怕。每次遇到一个新的开端，我都有这种如鲠在喉的感觉。我认识班上一个女生，几年前我们常去同一家游泳馆。开始，我低着头，没看到她，她叫了我一声，我们俩后来成了同桌。不久前，她和家人一起搬到了学校所在的那个街区。

"你怎么会来这所高中,你不是住在北岸吗?"过了一会儿,她问我。

我张开嘴想回答她,但又把话咽了回去。我不知道该说些什么,我肯定不会告诉她真相,但当时,我又编不出一个令人信服的谎言。

"这件事挺复杂的。"在下课铃声响起前不久,我小声说了一句。我要好好编个谎话,另外找机会告诉她。

让我羞愧的几年就这样开始了。这种羞愧感一直都紧紧跟随着我,就像衣服上洗不掉的污渍,像脸上的一块胎记。我对其他人——老师、同学——编了一个听上去还算可信的谎言。我反复说,我一个人在这儿是因为我的宪兵爸爸调到罗马去了,我不想离开这座城市。我住在一个亲戚家,周末我会去罗马找我爸妈。谎话比真正发生的事情听上去更合理一些。

一天下午,我的同桌罗莱拉打了个电话给我,问我借数学笔记。

"你住哪儿?我给你拿过去吧。"我非常慌张地说。

"不用,我和妈妈正好路过你住的那条街,你住哪栋楼?"

我已经进退两难了,不得不把我的门牌号和住在哪一层楼告诉她。还好,只有碧斯太太在家。

"我一个同学现在要过来。我告诉她,您是我姨妈,行吗?"

"当然可以,但你记住,要用'你'来称呼我。"也许是出于同情,她对着我眨了一下眼睛说。她明白我的想法,根本不需要解释什么。她给罗莱拉开了门,说:"快进来,随便坐,我外甥女在等你呢。"

第一个星期六,她坚持要陪我去汽车站。回家的路好像没有尽头,我很害怕。住在镇上的家人可能已经忘记我了,即使我们很容易产生感情,但我们待在一起的时间还很短。

星期一,我寄了一张明信片给我妹妹,让她代我问候其他人。后来这变成了一种习惯,我每个星期一都寄一张,好提醒我父母,我人在呢,而且还会回去。我会在明信片上给阿德里亚娜和朱塞佩画爱心,写上"吻你"。有一段时间,邮政服务变得更慢了,星期六我坐大巴回到家时,明信片还没寄到。

我上高中后第一次回家时,在离家几公里的地方,一起事故阻断了交通,车子就在那儿停了好久。要是我妹妹真的在广场上等我,她肯定都等烦了。最后,当大巴开过写有"欢迎"的牌子时,我觉得她已经离开广场了。对我而言,一个人回家是很艰难的。但她还在那儿,捏着拳头放在身子两侧,胳膊肘露在外面,我看出她脸上一副生气的表情,那是我熟悉的。差几分钟就到四点了。

"我不能等你那么久，我也有很多事儿要做。"她忍不住说了一句。

她的样子很好笑，那时候天气还很暖和，她戴着我让父亲捎给她的羊毛帽子。阿德里亚娜戏剧般的话语，表示她已经原谅我离开她的事了。我们紧紧抱在一起。

我回到城里了，也许只有我和妹妹感觉到离别的悲伤。在家里，母亲表现得就像我只是五分钟前去烟草店买了包盐回来一样。但是，她从熄了火的烤箱里端出了一盘中午吃的面条给我。趁我去上厕所时，母亲把面条加热了。她一定计算过，从放学到坐上大巴，我没有时间吃东西。

"哟，大小姐又回来了。"塞尔焦斜眼看着我，和我打招呼。

过了一个星期，什么都没变。

十二月的一个星期五，我发烧了，星期六碧斯太太执意不让我回去。我给埃尔内斯托的小卖部打了个电话，让他告诉我父母，他答应了，但不知道他有没有听明白。我听到电话那头有顾客在很大声地说话，还有碰杯的声音。我最不希望的是阿德里亚娜在车站白白等我。我数了数圣诞假期之前的日子，一天天做着倒计时。

等我回到家，发现阿德里亚娜瘦了，她和所有人都吵了架。我提着包走进家里，她只是对我点了点头，就拉长脸走下楼梯，到一楼的寡妇家去了。她想让其他人告诉我到底发生了什么。

"她怎么了？"我问母亲，那时母亲正站在厨房的桌子前。她旁边的地上有一个桶，桶里放着需要削皮的土豆。

"谁，你妹妹吗？她疯了，她不吃饭。一大早上，她只吃一点甜酒煮鸡蛋，而且还得看着她吃，否则她就把鸡蛋剩在那儿。我给她做好鸡蛋，就回房间了。"

"她为什么会这样？"我一边问，一边吃着母亲给我留的豆角烩萝卜。我坐在母亲面前，盘子放在没有桌布的桌子上。

"她不想再待在这儿了，现在她脾气可大着呢，她想和你一起去城里。"她感到不可思议，手里拿着刀在空中舞了两下。"你这个妹妹啊，有时候倔得跟驴子似的，不去上学，也不怕你父亲揍她。"

她摇了摇头，一块螺旋形的土豆皮掉在了地上。

"我吃完了，现在下去叫她。"我说。

"你看看她愿不愿意跟你聊聊，她还是比较听你的话。你父亲整天都很担心，怕这个女儿也死了。他每天晚上都带一颗新鲜鸡蛋回来，是砖厂里干活的工友给的，他家在乡下养了鸡。"

我下楼去找我妹妹。她坐在沙发上，一发现我来了，就马上拿了本放在手边的杂志,假装在专心阅读。矮茶几上放着一罐饼干,看起来还没有人动过。母亲告诉了女邻居这件事,寡妇也试着让阿德里亚娜吃点儿东西,但她并没有上当。

我坐在她旁边,就像在自己家里一样。我吃了一块饼干,接着又吃了一块,希望能带动她。女邻居玛丽亚说完一些客套话——我又长高了不少,也变漂亮了——之后,走进厨房,打开了烤箱,我们很熟悉烤箱门吱吱嘎嘎的声响,一阵肉丸子的香味迎面扑来。阿德里亚娜伸长脖子,眼睛还盯着《格兰德酒店》[1]看。

"这到底是怎么回事啊?"我凑到她耳边问她。

"这是一部照片小说,你没看到吗?"她糊弄我说,她的声音很尖,像是要哭了。

"我不是说这个。你到底在搞什么鬼?"

"我不知道你在说什么。"她回了一句,还是没有转过头来。

她跷起二郎腿,身子微微倾斜,想离我远一些,杂志滑向她那边,有几页已经合上了,但她又满心好奇地读起来。

"听说你不吃饭,上学也不是每天都去。楼上的人很担心你啊。"

---

1. Grand Hotel,意大利发行最广的杂志之一,曾推动了照片小说的传播。

"那些人会担心我?算了吧!我就是死了,他们也不会管的。"她很愤怒地翻了几页,几乎要把那些纸撕开了。

"我可以帮你吗?"

她没有立刻回答我。我用手抓着她纤细的胳膊,她任凭我抓着。我看不到她的脸,感觉到她还在坚持,但已经慢慢让步了。

"到时候我会告诉你的。"她突然把杂志合上,"再见,玛丽。"她站起来,跟玛丽亚打了个招呼,我跟着她一起出去了。玛丽亚从厨房出来,她看着我,紧紧咬着嘴唇,表示她已经无能为力,也很担忧。阿德里亚娜顺着楼梯往上走了。

我们吃了晚饭,阿德里亚娜没吃,她一个人回房间去了。我一回来,朱塞佩就一直缠着我,我把他哄睡着后,就去找阿德里亚娜。我不记得当时两个哥哥夜里去了哪儿,也不知道他们为什么不在。我妹妹坐在上铺的床沿上,把腿悬在空中来回踢。我上梯子的时候,她停了下来。

"该死的塞尔焦,把那块踏板弄坏了。"看到我注意到梯子上少了一块踏板,她说。"我不想再待在这儿了。"我还没在她旁边坐好,她就很平静地又说了一句。

她开始抠左手手背上的一块伤疤。

"你回城之后,我在这儿觉得很没意思。我老是想起你和维琴佐。"她说着，用下巴指了指那张空床，还没人有勇气把那张床搬走。

她用指甲没能把那块伤疤弄下来，就用牙咬了一下，伤疤下面露出一块新的皮肤，粉嫩粉嫩的，血像要渗出来了。

"你要带我去你住的地方，你给那位善良的太太说说。"她又说了一句，好像没有比这更容易的事了。

"你怎么知道她很善良？她家已经没有地儿了，我和她女儿住在一起，已经很挤了。"我突然很坚定地说。

"我只要很小一块地方。我也可以和你头对脚一起睡，你刚来的时候，我们就是这样睡的，你还记得吗？"她一边看着我，一边问我，眼神里充满了希望，好像一个在乞讨的小姑娘。

我当然还记得，但是我内心很抵触，我不明白这种抵触情绪是从哪儿来的。其实我经常想着要把她带走。我把身子靠在背后的隔墙上，墙那头就是父母的房间。

"就算他们答应了，你住在城里，谁给你出钱？"我用拳头轻轻地敲着墙壁，小声说了一句。

"他们肯定没有钱。"阿德里亚娜早有准备，她回了一句。接着，她用一种很坚定，而且经过深思熟虑的语气说："但有人有钱，阿达尔吉莎。也许，你可以试试找她啊。"

我猛地把背挺直了，说："你在想什么呢？你真是疯了。我连上哪儿找她都不知道。"

"那……好吧。我就是一口东西也吃不下了。要是以后我饿死了，你别哭啊。"她又开始不急不慢地摇晃她的腿，一直盯着对面的墙壁。和我相比，她有一个优点，她能在脑子里构思好一个完整的方案。她就像大人一样，会想办法实现自己的方案。

"你得讲讲道理。她已经要供我读书了。她有什么理由还要供你呢？你又不是她女儿。"我说这话时，身上在冒汗。

"要是这样的话，那你也不是她女儿啊。阿达尔吉莎只是养了你几年，之后就把你送回来了啊。"

我试着捍卫阿达尔吉莎，不想让别人攻击她。

"她病了，不能再照顾我，所以才把我送回来，她想保护我。"

假如那时阿德里亚娜看着我，她也许会停下来，不再说什么，但她的眼睛一直盯着面前那块脏兮兮的墙壁，并没有看到我的绝望。

"病了，真是的！你竟然还相信这样的谎言。她怀孕了，所以才会吐。你不可能没想过吧？"

"你真是个大笨蛋。"我一边摇头，一边说，"她不能生育，所以才领养了我。"

"是她丈夫不行,她现在怀孕了,肚子里的孩子不是你那个宪兵爸爸的。所以才发生了这些乱糟糟的事情。"

"你怎么知道?你就是一个爱搬弄是非的小女孩,你胡说!"我喘着气转过身去,感到一阵恶心。我的心愤怒地跳动着,鬓角也在跳动,就像有一个被囚禁在里面的魔鬼在用拳头打我。

"所有人都知道。我是听爸妈说的,她的那个孩子一天天长大,他们到现在都还没去送洗礼的礼物,所以他们觉得很遗憾。"

1976年圣诞节前两天,阿德里亚娜告诉了我事情的真相。过节那天吃午饭时,我们俩都没吃,剩的刺菜蓟汤和鸡蛋奶酪汤,到了圣斯特凡诺节那天才吃完。

我再也没有反驳她,我们坐在阿达尔吉莎前一年买来的架子床的上铺。我抓住了阿德里亚娜的左手,抓得很紧,指甲扎进她的肉里,把伤口又抓破了。我用我仅剩的武器挖开她的伤口,我们一起看着血从她伤口周围冒出来。她没有叫,也没有挣脱。我把手指缩回来,用力推了一下她的后背,把她推了下去,但她知道怎么从上面下去。我放声痛哭,从来没有这样哭过。

接着我躺了下来,没再动。我的心脏还在跳动,呼吸还在继续。阿德里亚娜知道,那时候她不能上来,她一个人蜷缩在下面,我就在几尺远的地方,对她满怀仇恨。

30

上一次，阿达尔吉莎打电话到埃尔内斯特的小卖部找我时，我听到电话那头有奇怪的声音，原来那是小婴儿的哭闹声。是的，是小婴儿的声音。叫她的那个男人的声音——也许他在说，孩子醒了——比我熟悉的那个男人的声音要深沉。我问过她，是不是爸爸在说话，她说不是，是电视。啊，是电视的声音。

她躺在床上休息，她呕吐，是因为刚怀孕，并不是生病了。我和他们待在一起的最后几个星期，她时不时会流泪——我本以为是为我而流。有一天晚上，她关着门，待在房间里，她和爸爸说话的语调都变了。电话响了，如果是我去接，那头就没人说话。接着她会很焦急地出门，通常是去药店或是看医生。我去给你拿药吧，妈妈，你把处方给我。不，我现在好多了，呼吸点儿新鲜空气，对我的身体有好处。但有一天，诊所关门了，我无意间看到她在附近晃悠。晚些时候，她回来了。

大巴开得很慢，我坐在座位上，又回顾起一些曾经忽略掉的细节，通常都是同样的事，但有时我也会想起一些新的细节来。比如说厕所里,她装卫生巾的盒子一直都在那里,很长时间都没有动过。再仔细想想,我长大了,可以自己一个人待在家里了,她几乎每天都去教堂。阿达尔吉莎是一名教理讲解员。当她把我带去时,我看到她一边在听小孩背教义,一边用手指在祈祷书上敲打。

我想在寒假结束前回到城里,便找了个借口,说我的作业本留在碧斯太太家了。我很迫切地想问阿达尔吉莎一些事情。我也没办法再在家里多待一天,阿德里亚娜跟我说:所有人都知道这件事。那天晚上,我真是羞愧死了。我的养母把我送回来,是因为她生了一个儿子,所有人都知道这事,只有我不知道。

听到那个消息后,我感到非常绝望,试着让自己的呼吸停下来。我屏住呼吸,就像在水下一样。我默默地数数,期待着剩余的氧气渗透进血液里,期待着睡意袭来,直到死去。但当到达一个临界点时,我深吸了一口气,时间很长,声音很大,我就像一个浮出水面的游泳者,吸了满满一口气,才没有被淹死。我周围那个熟悉的世界坍塌了,天空的碎片掉在我身上,就像布景和道具。

圣诞节前一天,阳光透过窗户照进来,隔壁的房间里,父亲已经起来了。那张松垮垮的旧床,自从维琴佐死了之后,就再没响过。

母亲来到厨房。天刚刚亮,我就已经在那儿了。她没有马上看到我，我动了一下，把她吓了一跳。

"她怀孕了，你为什么没告诉我？"

她坐下来，把手摊开，轻轻地摇了摇头，好像她等我这个问题已经等了很久，但她还不知道怎么回答。

"她本来想告诉你的，但是过了那么久，她也没再出现了。"

"孩子的爸爸是谁？"

"我不知道。她丈夫没有生育能力，不用说，但别的男人一下就让她怀孕了。"

"一定是个经常去教区的人，阿达尔吉莎在那儿一待就是一下午。"我大声说。我也坐下来，把手臂放在桌子上。

"只要不是神父就好。"我妈妈开着玩笑说，想缓和一下气氛，"我去煮咖啡，你想来一杯吗？你已经长大了。"她说着，站起身来。她在用咖啡壶煮咖啡，用勺子加糖，我并没有看她。几分钟后，我听到了咖啡咕噜咕噜煮开的声音，空气中有咖啡的香气。她给我也煮了一小杯咖啡，当她正要把杯子放在桌面上时，我抓住了她的手腕，咖啡全洒出来了。

"你为什么没告诉我呢？"

她没有因为咖啡洒了而生气，咖啡很香，还冒着热气，她任凭咖啡流走，一直流到桌子边缘，一滴一滴地流下去。我能闻出来，她在咖啡里加了糖。我继续使劲抓着她,手指把她的胳膊都捏得发白了。

"我想等你再长大一点,再告诉你这件会让你难过的事。"

我慢慢松开手,把她的手臂推开了。

"他们现在在哪儿?"我问。

"谁?"

"阿达尔吉莎和她的儿子。"

"我不知道阿达尔吉莎和她儿子在哪儿,所以我现在都还没法儿去送洗礼的礼物。"

她用一块海绵布把桌上和地上的咖啡擦干。

"你可别像你妹妹那样不吃饭啊。我为圣诞节准备了很多鸡蛋,我给你弄个鸡蛋吃。"

她还没打蛋,我就走开了。

接下来几天,我没和阿德里亚娜说话,但我感到,她在用一种内疚的眼神盯着我。她很少去寡妇家了,通常都在我身边,但和我保持一定的距离。一天晚上,我在床上看书时,书从手上掉了下去。她动作比我快,像只猫一样下了床,帮我捡起了那本书。

"这本书好看吗?"她打开书问我。

"我觉得挺好看的,我才看到开头。"

她跪在地板上,翻了几页书。她说:"天哪,连一幅插图都没有。你读完后,可以借给我吗?我现在上中学了,该读几本小说了。"

"好吧。"我对她说,她很激动地回到了架子床上。

她不再绝食了,我也尽量吃点儿东西,觉得饭像药一样难以下咽。我多少吃一点,就是为了不引起他们的注意。

出发前,我把书留在了阿德里亚娜的枕头上。当时已经很晚了,我发现她没在家,我没和她告别就出门了。刚走过小广场,我就听见身后传来了阿德里亚娜的脚步声,她气喘吁吁地追上我。

"玛丽亚真黏人啊,时时刻刻都在叫我。我是溜出来的,她还想让我帮她搬家具。"她说。我拎着一个包,她抓起包上的一根提带,想帮我分担一下。我们朝着车站走去,几乎是手拉着手。

"也许,有时候我话太多了。"上完坡之后,她一边喘气,一边说。

"如果你讲的是事实,那你就没错,是事实错了。"

我站在大巴上车的踏板上,转过身看着她说:"我会问问碧斯太太,看她能不能收留你。你说得没错,她人很善良。"

乔治先生来给我开门时,我并没有很迫切地问他们能不能收留我妹妹。至少有一阵子,我把阿德里亚娜忘了。乔治先生一个人在家,他妻子和女儿都在医院。桑德拉的一条腿断了,但不是摔断的，我想象着，她那么大的块头，骨头压断的情景。他们第二天早上会接她出院，因此，那天晚上，她妈妈要在医院陪她，我必须等碧斯太太回来之后再和她说。我给帕特里奇娅打了电话，她邀请我去他们家吃晚饭，自从我回城里上学以来，我们时不时会见面。

就在我穿上大衣走到门口时，碧斯太太正把钥匙插进锁眼里开门。她很匆忙，回来只是要拿点东西。我很礼貌地问了桑德拉的情况，但没听她的回答，其实我也并不是很关心。

"我把我阿姨的电话号码弄丢了，您可以给我一下吗？"

她看上去有点儿吃惊，也许，她想起了每次她提到阿达尔吉莎时，我一言不发的样子。我不知道，关于我，她都了解些什么，但她肯定知道，是那位阿姨在供我读书。

"我之前有一个她的电话号码，但后来她换了号，也忘了把新号码写给我。很抱歉，我帮不了你。"

"那你怎么……收钱呢？"我鼓起勇气问了一句，没有看她。

她停顿了一会儿，也许她在想，到底能不能告诉我："每个月最后一个星期五，她会亲自来交钱。"

她肯定是早上来的，那时候我不在家，否则我们会碰到的。

"她一个人来吗？"我脱口而出。

"是的。我得赶紧走了，桑德拉在等我。"然而，她朝着洗手间走了几步,然后停了下来。我就站在那儿,手扶着门,正打算出去。她说:"你提前收假回来,脸色看起来不怎么好。你去朋友家玩,我很高兴,这样可以散散心。要是晚上想住在她家里,也没有问题,我同意你。"

31

我面前的桌子上放着一块圣诞节蛋糕，桌布是圣诞图案。桌布边缘，有几只驯鹿排成一排，拖着载满礼物的雪橇，桌布正好沿着那里剪裁，第一只驯鹿的头被砍掉了，和它并排的几只驯鹿看起来会有同样的结局。

"你也不爱吃果脯吗？"帕特里奇娅的妈妈看到我有些犹豫不决，便问我。

不知道为什么，一听到她的话，我的眼泪就夺眶而出，落到了果脯、葡萄还有浅黄色的蛋糕上。万达示意了一下，她丈夫就到客厅去，打开了电视。帕特一动不动地坐在我旁边的椅子上，身子绷得很紧，盯着她妈妈看。那顿晚餐异常安静，帕特的爸爸试着聊些什么，但没成功，没人说话，只听到刀叉和盘子相互摩擦的声音。因为家里的那只老猫死了，他们一家人都很伤心。

"她没生病，她是怀孕了。"我用红色的餐巾擦干眼泪说，"在他们把我送回镇上之前，我应该马上明白的。"

"你当时还没准备好。"万达坐在桌子边，有些激动地对我说。

"她就是因为怀孕,才把我送回去的。可我跟这件事情有什么关系啊?我可以帮她带孩子啊。"

"是她告诉你的吗?"

"我是从我妹妹那儿知道的。"

万达满脸惊异,她把一只手放在我的肩上,我把头靠在她穿着毛衣的身体上,她轻轻地抱着我。我有些累,就把眼睛闭上了,我希望她别说话,也别动,就这样待一会儿。我只想靠在一个人身上休息一下,沉醉在她的香水味中,暂时忘记一切。

"这件事是一个小女孩告诉你的,不可能吧。我以为,阿达尔吉莎迟早会告诉你的,她应该亲自给你解释。"

我感到她很愤怒,身体在颤抖。我挺直了背,就像触电一样。

"我现在知道她每个月什么时候来给碧斯太太交钱,她总是早上趁我在学校时来。她下次来,会看到我的。"

尼古拉叫了万达一声,她要去接一个紧急电话。

"我也和你一起,到时候我不去上课。"帕特提议说,她之前一直没说话。

"不。我要一个人见她。"

"我碰到过阿达尔吉莎一次,她和一个小婴儿,还有她现在的男人一起。"帕特又说了一句,就像突然恢复了记忆,"你记不记得那个死了老婆，肌肉发达的男人，有一段时间他经常去教堂？"

我没太关注他，但我记得他。他是在我们教区的教堂结的婚，他老婆死后，他下午经常去那儿。

我和帕特吵了一会儿，因为她早就知道这件事情，却也一直都没告诉我，但是我已经默认了她的做法。

"那个小婴儿呢？"沉默了一阵后，我问她。

"我才没看他呢。我忙着打量他父亲了。而且，那孩子当时在睡觉。"

她至少看到了谁抱着孩子？她确实看到了。是阿达尔吉莎。我思忖着，那个孩子连我同母异父的弟弟都算不上，他母亲并不是我母亲。

帕特里奇娅想和我八卦一下，但这个话题让我很痛苦。万达走进房间，听到了帕特说的最后一句话。

"你闭嘴。"她瞪了帕特一眼说。

过了一会儿，帕特让我陪她去参加一个星期之后的一场聚会。我并不想去，但她想尽量说服我。我们盘着腿，面对面坐在她房间里的印度地毯上。床头柜上的灯发出各种颜色的光。她说了一些我们都认识的男生的名字，那些男生肯定会去。她给我展示了她的第一双高跟鞋,那是在市中心的商场买的。她又说,我到时候可以穿她妈妈的高跟鞋,因为我和她妈妈穿同一码。正好万达过来跟我们道晚安,帕特里奇娅让她来劝我,万达也试图说服我去。我再三说,我对聚会不感兴趣。

"你没有什么好羞愧的,发生在你身上的事情又不是你决定的,该负责的是那些大人。"她一边说,一边把食指竖起来指着上面,像在训诫一样。

"好吧,谢谢。但我没办法在一群兴高采烈的孩子中间待着,我觉得我和其他人不一样了。过去,我也以为我是他们中的一员,可这不是真的。我已经知道,我的命运和别人不一样。"我只对着万达一个人说,就好像帕特里奇娅没坐在我面前的地毯上一样。

"命运是老年人爱说的话,你才十四岁,别相信命运。要是你真相信命运,那你得改变它。你确实和其他孩子不一样,没人有你这样的力量。发生了那么多事儿之后,你依然能干干净净、整整齐齐地站起来,而且能在第一季度考试中获得八分的平均成绩。我们很佩服你。"她看着帕特说,好像期待得到女儿的肯定。

"你真无法想象,我费了好大劲,才能保持你说的样子:干干净净,整整齐齐,学习成绩优异。"

她坐在床上叹了一口气,说:"我知道,但你要继续保持,不要分心，不要想着这些糟糕的事儿。"

帕特里奇娅抓着我的手腕，用力握了握。

"你是我的朋友，我们之间还是和以前一样。"

"我们俩肯定是了。"我把身子向前探了一点，我们的头碰在一起，发出了轻微的响声。

楼下的大街上，主显节的礼炮声已经提前响起了。

32

我来到碧斯太太家的阳台,附近的路灯照在我身上,我在微弱的光线中脱了衣服。城市上空很晴朗,发出一种明亮皎洁的光。阳台上放了一把去年夏天就撑开的躺椅,我躺在上面,慢慢脱下睡衣、袜子、贴身的背心,背心上还有我身体的余温。惨白的星光照在我胸口上。我从房间里出来时,桑德拉已经进入梦乡,她的腿上打了石膏,就像盖在被子下的一根柱子。

如我所愿,我开始觉得冷了。没过多久,我浑身发抖,冷得牙齿打战。我决定光着身子在那儿待半个小时,还带了闹钟,以便看时间。我把闹钟拿在手上,看着带夜光的分针在悄悄走动,然后把它放在地上,坐到躺椅上去了。我感觉乳头在收缩,有点儿疼,而我的脚指头已经失去了知觉,因为离心脏最远,就像死了一样。我盯着闹钟上发光的数字,还有转得极慢的淡绿色分针,一直重复着第二天要说的话。那是一月里最后一个星期四的晚上,我要让自己第二天早上发烧。

碧斯太太并没有看到我晚上从房间里出去,快到早上八点时，她的身影出现在了磨砂玻璃门后面，我已经病了。听到我在咳嗽，她从女儿的床头柜里找出一个温度计。我确实发烧了，烧到了三十八度多。

"那你就待在家里吧。我把早餐给你端过来。"她说，朝着厨房走了几步。她似乎突然想到了什么，就停下来看了我一眼。

我躺在床上，手里拿着一本书，但我一页也看不下去。看了几行，我很快就分神了，不得不从头开始。我期待着有人来按响门铃。第一次是邮差，需要有人签收个什么东西。桑德拉醒后，我和她聊天，来打发这漫长的等待时间。十一点阿达尔吉莎来了。她在爬楼梯时，碧斯太太有点儿疑惑地把头伸到我房间里来。

"我要和她谈谈。"我对碧斯太太说。

"好吧，等我们把账算清楚了，我就叫你。"她对我说，然后把门关上了。

脚步声越来越近，在门口停了下来，阿达尔吉莎——那个把我养大的女人就站在门外。我听到了碧斯太太开门的声音。我伸长脖子，听到她们在相互问候，阿达尔吉莎还没有意识到我在家。她们走进厨房，可能是要煮杯咖啡。过了几分钟，我听到她们挪动椅子的声音，我怕她又一次从我身边溜走，等不到碧斯太太叫我，我就出去了。

她看我的眼神，是我对于她最深刻、也最痛苦的记忆。她像中了圈套的人，没办法逃脱，就好像有个埋了很长时间的冤魂又钻出来跟着她似的。那个冤魂就是我，我只不过是一个孩子，小孩子是不会让人害怕的。

她坐在那儿，身子抖了一下，向一边倾斜着。也许是因为脸色苍白，她下巴上那颗大痣的颜色显得更深了，她把长在痣上的汗毛剃了，能隐约看到剃过的痕迹。棕色木桌上的糖罐旁边放着她每个月都会为我付的钱，十分显眼。

"你没去上学吗？"她很费力地说，她嘴唇上涂的口红比平时更鲜艳。

我没回答她。我浑身滚烫，有点儿站不稳，手扶着墙壁。

"她发烧了。"碧斯太太说，"她想和您聊聊，你们去饭厅说吧，那儿没人打扰你们。"

碧斯太太陪我们走过去，阿达尔吉莎走在我前面，她的鞋跟拖着地板，好像不是很愿意走。她的身材变得更圆润，更柔美了，我看着她的身体经过走廊，好像有一团白色的迷雾笼罩着一样。在碧斯太太的带领下，我们来到一间平时没怎么用的房间里，坐在一张长方形桌子边。接着，碧斯太太出去了，我和阿达尔吉莎单独坐在一起，面对面，没有说话。她的胸脯变得丰满了，身上绿色的羊毛衫前面都紧绷起来。

我不动声色地看着她,我受的委屈让我觉得理直气壮。经过了那么长时间,我很愤怒,也很冷静。我等了她一年半,应该让她先开口说话。

她把手从腿上拿起来,放到了桌子上。她手上什么也没有戴,连婚戒也没戴。我想到了她的孩子,那会儿不知道是谁在帮她带孩子,快到中午了,她还没动身回家。她叹了一口气,挂在胸口的挂坠也随之起伏,闪闪发亮。

"我之前很爱你,我现在依然很爱你。"她开始说。

"你爱不爱我已经不重要了,你有多爱我,大家都有目共睹。你倒是说说,你为什么要把我送走!"

"这不是件容易的事情。我不知道你是怎么想的……"她一边说,一边用食指轻轻抚摸木桌的雕花边儿。

"我应该怎么想?你骗我说,我的家人想把我要回去,镇上所有人都知道真相,只是他们都不告诉我。我离开你的时候,你躺在床上,有时还会吐,我以为你是得了重病。我还为你担心呢!我给家里打电话,没人接,我去了家里两次,门也都关着。我以为你住在一家很远的医院里,我以为你会死。我等了你好几个月,希望你的病会好起来,会再来接我。"

她从挂在旁边椅背上的包里掏出一块手帕来抹眼泪。

"我的处境太难了。"她摇着头,反复说。

"事实上,你可以对我说实话。"我对着她,向前探着身子。

"你还太小,没办法告诉你真相,我想等你长大点儿再说。"她和我亲生母亲说的话一样。

一阵难以抑制的咳嗽忽然打断了我,我们停了下来。

"你不是向来都宣扬,婚姻的誓言是不能解除的吗?"

"孩子得有他爸爸在身边啊。"她解释说,"你特别生气,我可以理解,但这并不是我一个人决定的。"

"可我就想和你在一起,离你近一点。"

我努力控制自己的声音,不让自己哭出来。突然,我感到身体在发烧,还有一种无法缓解的疲惫。

"我尽可能好好安置你。我也不想远离你,但事情已经这样了。"

"你丈夫没说什么吗?他不能让我和他一起生活吗?"

"对他来说,这是一个艰难的时期。他也没办法收留你。"

她又把手放到了大腿上,埋着头。我靠在椅背上,死死盯着吊灯上的水晶,那些水滴形的水晶熠熠生辉。我觉得那些水晶在颤抖,就像地震了一样,但那只是我发烧引起的幻觉。

"你从没找过我,你甚至躲着我。"

"我跟你说了,我是在等合适的时机。我虽然不在你身边,但我一直在帮你啊。"

我已经记不起来之前想要对她吼的话了，或者那些话从我嘴里说出来，有气无力的，就像已经没有任何意义了。事实上，我能对她做些什么呢？就连我一直在拉扯的睡衣扣子突然蹦出去，也没有砸中她。

我们沉默了一会儿。她的嘴唇就像是口红勾勒的两条细线。接着，她轻轻地竖起了一根手指。

"我一直都关心你的事，这一点你是知道的。你不要想着，我没对你负责。"

"算了吧。"我转过脸去，对着墙，墙上挂着一张画，画的是古老的佛罗伦萨。碧斯太太正在厨房里做肉酱，香味飘了过来。这时候，我听到钥匙的声音，还有开门、关门的声音，乔治先生回来吃午饭了。

"你现在高兴了吧？"我情不自禁地说了一句，有点儿控诉的意味，也带着一丝好奇。

阿达尔吉莎没回答我，但过了一会儿，她情绪好了很多，把钱包从包里掏出来。她小心翼翼地拿出一张照片，对着照片笑了笑，接着把它放在桌子上，满心欢喜地向我这边推。我没有在她面前撕烂照片，我觉得这样做有失身份。我看都没看照片上的小婴儿，就把照片翻了个面，朝他母亲那边推过去，照片一直滑到了桌子边缘。阿达尔吉莎在照片掉下去之前把它接住了。

碧斯太太正在摆桌子，我听到餐具发出叮叮当当的响声。阿达尔吉莎有些不安，她身体抖了一下，看了看她手上戴的小金表，是我常看到她戴的那只。她站了起来，我却没有动。我没有以前那么了解她了。

"麻烦你，稍等一会儿，我需要你帮帮我妹妹阿德里亚娜，她不能一直待在镇上了。"

"她上几年级了？"她一边问我，一边极力掩饰她的不耐烦。

"初一。"

"我们下次再谈，你别急。你要记住，我一直都在。你在学校要乖乖的。"

她很快把她的新电话号码写在了一张纸上。

"要是你有什么需要，就给我打电话。"

她看上去有些不确定，我也不明白她为什么这么匆忙。也许她在想，是不是应该靠近我，和我告别。她就站在桌子那头，我的态度让她望而却步。我最后站了起来，拖着无力的双腿走到窗户边，就像她已经离开了。我看着窗外冬天的道路，对面的露台有些萧瑟，公交车把住在这里的孩子都载回家了。

33

从一月的那个星期五开始,阿达尔吉莎就开始给我带来各种惊喜。我以为,不知道过多久才能再见到她,或许永远都见不到了。她会继续远远地待着,为我花钱。然而两天后,她打电话来了。碧斯太太接起电话说:"她在这儿。"她故意盯着我。我指了指厕所,表示我内急,然后把自己关在了厕所里。我坐在浴缸边上,听到她们在谈论我:我的学习,一日三餐,还有她们通常聊的那些话题。过了一会儿,阿达尔吉莎又打电话来了,这下我没办法躲了。

"我打算重新去游泳馆给你报名,我们可以找一天下午一起去。"

"我没兴趣。"我毫不犹豫地说。

"那么,舞蹈呢?"

"也没兴趣。"

我很喜欢舞蹈,她试图说服我,她说,在那儿我又可以见到以前的朋友了。

"也许她们已经忘记我了。不好意思,我要去吃晚饭了。"

我不想再从她那儿获得除了基本生活需要之外的任何东西。但拒绝继续跳舞这件事,那天晚上一直让我很难消化,我真的很爱跳舞。

有一天,早上天气还很晴朗,后来突然下雨了,我放学后,看到阿达尔吉莎在校门口等我。门口有很多家长来给自己的孩子送伞,她拿着一把很大的男士雨伞在等我。我想后退,但被后面冲出来的学生推着向前走去。她是专门来接我的,她已经跟我打了招呼,我没法躲开她。

"我肯定你没有遮雨的东西。今天早上还有太阳呢。"

她把一条胳膊伸过来,我没理她,我走在她旁边,希望不会有同学注意到我们。我不知道该怎么介绍她。

同时,我又感到一丝欣慰,那一次,我感觉自己和其他人一样了。冬天,下大雨的时候,也有人来接我了。

她说下那么大的雨,交通一团糟,她把车停在了一个比较远的地方。我看到她的蓝色小汽车了,正被大雨冲刷着。我们头上下着倾盆大雨,我往副驾驶座里钻时,她还为我撑着伞。她绕了一圈,坐到了驾驶座里。车里还弥漫着一股有点儿刺鼻的气味,就像几年前一瓶醋打翻时留下的味道。她转过身来,身上的香水味迎面扑来。每天早上,阿达尔吉莎都在耳后和手腕上喷些香水,我很熟悉她在镜子前的动作。

仪表盘上有一个大天使加百利造型的小相框,里面有一张小婴儿的彩色小照片,另外还写了一句话"想着我,开慢一点啊"。旁边还有一个小吸铁石相框,里面的照片是黑白的,照片中是我有些褪色的脸。我看着雨滴顺着模糊的玻璃往下流,一路上我都没说话。

"这是我今天做的番茄煎肉,你可以加热一下。"阿达尔吉莎站在门口对我说,她递给我一个用餐巾包起来的罐子。

我在楼梯上愣愣地站了几分钟。发生了什么事情?阿达尔吉莎怎么关心起我来?我有些害怕,也有些迷惑。我已经放弃了,也不再信任她了。在我逼她和我见面后,她却突然表现得如此热情。我觉得有点儿危险,怕自己又一次投入她的怀抱。我对她怀着一种说不出的渴望。

有好几周时间,我又没了阿达尔吉莎的消息。她又一次消失了。我把她用来装肉的罐子洗干净晾干了,放在碧斯太太家厨房里的架子上,那个罐子也在等着阿达尔吉莎的到来。她不再出现,是因为我的态度不好吗?不,她隔一阵子又来了。那段时间,我习惯了她时而出现,时而消失,时间相隔都不会太长。她在我和她的新家庭之间来回奔波。我很期待她来，只是嘴上不承认。她来找我时，我都表现出一副有点儿恼怒的样子。在我需要她的那些年，我总是那样。

我确信，我不在乎她来不来看我。但一听到门铃响起，我的身体就会抖一下。

她又来了，还带了一件毛衣，是我最爱的颜色，我有些粗暴地从她手上把毛衣扯过来。

"我买的是红色的，尺码合适吗？"

我耸了耸肩膀，试都没试一下，就准备把它收起来，她跟着我走进去，环顾了一下我的房间。

"你们这儿有点儿挤。"她若有所思地说。她说他们搬家了，所以她有段时间没来。"对不起，你这几周都没看到我，我脑子里事情太多了。"她搬回海边那所房子里了。

"所有东西都需要布置一下。圭多老是在外面上班，我还要带孩子，需要好几个月才能收拾好。"

我从没听她说起过这个改变了我们生活的孩子，他叫弗朗切斯科，阿达尔吉莎在说到她儿子的名字时微笑起来，这个名字和她平时祈祷的圣人同名。我很仔细地听她说话，尽管我大半个身子已经转过去，不想让她看到我的脸。

"你的床还在那儿。"她小声地自言自语,用手摸了摸我夜里盖的被子,那是阿布鲁佐地区出产的。

她包里还有给我的其他东西:长毛线袜、一只银手镯、一管润唇膏,因为我的嘴唇老是开裂。我都收下了,一点儿也不觉得难为情,我也没有谢谢她。当她把那些东西放在床头柜上时,我已经在想带什么回去给妹妹了。

"星期天你来和我们吃午饭,好吗?"她突然问我。

"周末我要回镇上。"过了一会儿,我看都没看她一眼,回了一句。

"那下次吧。"她说。

好几个星期天过去了。

复活节放假时,有一次,我和母亲单独待在厨房里,那是一个可以说知心话的时刻,我给她讲了阿达尔吉莎邀请我去吃饭的事。我帮着母亲剥神父赐福过的水煮蛋。

"你去吧,你要记住,是阿达尔吉莎把你养大的啊。"

那几年里,母亲不止一次地想调解我和阿达尔吉莎之间的关系。母亲很感激堂弟媳抚养我长大,让我和其他几个孩子都不一样。

"要不是阿达尔吉莎,你现在就不是在学习了,而是在乡下做工。你没经历过贫穷,贫穷比挨饿更可怕。"有一天,母亲对我说,就像是在警告我。之后她又说:"她犯了错,但你也不能一辈子对她板着脸啊。"

阿达尔吉莎没再邀请我去她那里吃饭,但我觉得,请我去吃午饭是她脑子里一个挥之不去的念想。我们继续在碧斯太太家见面,除了有一次,她说服我陪她去"格兰迪"百货商店。她很想购物,她给我买了东西,也给小婴儿买了东西。当我们在百货商店的店铺里逛时,我们俩看起来又像一对母女了。

五月初,她又想邀请我。她很激动地走上楼,身上在冒汗,有些激动。

"圭多一直都想认识你。"她说,很多次她都把双手交叉在一起,像是在缓慢无声地鼓掌,"你不用马上回答我,我星期五给你打电话。"

碧斯太太面带微笑地看着我们,像在鼓励我。星期五,她把电话递给我之前,先用手捂住了电话听筒,说:

"你去吧,阿达尔吉莎太希望你去了。"

于是,星期天早上,我很精心地打扮起来,我自己也很惊讶。我用黑色眼线笔画了眼睛,好让眼睛看起来大一些,还用了桑德拉的睫毛液，我也许有点儿夸张了。阿达尔吉莎很早就打电话来了，她迫不及待地想来接我。我对她说，天气那么好，我想走路去。

我还是不满意，到了最后关头，又换了一身衣服，还在苍白的脸蛋上抹了点儿腮红。我甚至不明白自己是在为谁准备。我到汽车站时已经晚了，阿德里亚娜早已下了车，她在等我，样子看起来凶巴巴的。

"你让我一个人在市中心等你？你疯了吗？你打电话到埃尔内斯托的电话亭找我，叫我早点起床，可你却这么晚出现？"

我不想一个人去，所以让阿德里亚娜陪我一起去。我一时间有些后悔。她穿的衣服有点儿小，鞋子还很脏。她的头发像往常一样油腻，可那天是星期天，是她该洗澡的日子。她从我的眼神中看出了我的心思。

"我要是洗了头，就赶不上邮车了。"她说。

"阿德里亚娜，那叫汽车，你应该提前告诉我，你坐汽车来。"我说着，抱了抱她。

我们俩轮流往一块手帕上吐口水，一边笑，一边把旧皮鞋擦干净了。我们一边快步向前走，一边聊天，我有很多事情要叮嘱她。

"拜托，你要说意大利语。除了吃面包可以直接动手，吃其他东西你可别用手，要用餐具。要是你不知道怎么做，就看我。你要闭着嘴嚼，不能吧唧嘴。"

"天啊，你把我弄得好紧张啊。我们像是要去见英国女王。你现在已经忘了她对你做的那些事了？"

"你别管。你要是想让阿达尔吉莎把你弄到城里来，那就要乖乖的。"

我们还有很长的路要走，走到公交车站时，阿德里亚娜依然坚持要走路过去。

我们迟到了。我按了花园栅栏门上的门铃，铃声是新的，声音更优美了。他们把栅栏也换了，从外面看不到里面任何东西。我看了阿德里亚娜一眼，她脸上在冒汗，我把她的头发别到耳朵后面去了，也许这样看起来没那么油腻。

"你要记住我说的。"我反复叮嘱她。

门打开了，我们进到花园里。我匆匆看了一眼院子，看到了刚修剪过的草坪，种满各种花的花盆，那些花盆按照几何图案摆放着。还有一棵刚栽好的小树，看得出来，土也是才翻动过的。我嘴里很干，内心很不安。一个穿白衬衣的男人站在门口。

"我们在等一个姑娘，却来了两个。"他笑着对我们说。他跟我们握了握手，很和蔼，就像大人之间那样，他的动作很有活力，也很讨人喜欢。

"您好。我没料到妹妹会来找我。"我解释说。

"太好了，你们坐吧。我们再加把椅子。"

我们紧挨着，一动不动地坐在饭厅里，有点儿害羞。屋子看上去和从前一样，但还是有些我说不清道不明的变化。

"阿达尔吉莎过一会儿就来，她现在和宝宝在一起。孩子十二点准时要吃东西，现在他肯定睡了。你们可以去洗洗手，厕所在那儿。"

"我知道，谢谢。"

阿德里亚娜夹紧双腿，急匆匆地冲到厕所，她开门的声音很大。她已经憋了很长时间，我把这事给忘了。当我把厕所门关上时，我意识到，一道目光一直在追随着我们。

"我内裤上滴了几滴尿，希望他们闻不到。"

我对着阿德里亚娜保证说，不会的，但我却没那么自信。她站在放化妆品的架子前面，惊呆了，我把她拽了出去。我没戴表，不知道那时候几点了，我觉得那个点吃午饭已经很晚了。

客厅里一个人也没有。他们俩在厨房说话，我闻到了阿达尔吉莎做的海鲜的味道。以前，在这种时候，我都很想冲进去在厨房找些东西来吃。我走了一步，又停了下来，心里很乱。这已经不是我的家了，我只是一个客人。

我想再看看我的房间，哪怕只是看一眼。

"阿德里亚娜，来，我带你看看我以前睡觉的地方，就是旁边这一间。"

没错，我的床还在那儿，但我的书、绒毛玩具、芭比娃娃都不在了。那些芭比娃娃我从小一直玩到了初一。所有书架上都摆满了大大小小的船，都放在玻璃瓶里，有的船非常小，船帆就像邮票一样小。书桌上有一只还没完工的船，已经放在玻璃瓶子里了，但桅杆还叠在甲板上，几根长的绳子耷拉在工作台上。周围还有一些部件：几把镊子、一盒半圆凿，其他一些不知道是干什么用的小零件。

房间里，已经没有我的任何东西了。

"你喜欢吗？"

我抖了一下，但他是在问阿德里亚娜。我一会儿没看着她，她就好奇地拿起了一只瓶子在手里看。

"这是最难组装的船之一。"他走到阿德里亚娜身边，给她解释说。

"你真厉害，你做的船真漂亮。"她在恭维圭多。

"你应该说'您'。"我小声嘀咕了一句,圭多可能都听到了。

"没关系,就这样吧,这样亲切一些。"

阿达尔吉莎终于来了。

她穿了一身蓝色的衣服,外面还套了一条做饭穿的围裙。阿德里亚娜的到来没让她感到吃惊,她很友善地问了我们父母的情况。阿达尔吉莎拉着我的一只手,激动得手都有点儿出汗。

"圭多,我经常跟你说起她,现在她就来了。你们已经相互认识了,是吗?"

"当然。你说得没错,她的确是个看起来很出色的姑娘。"

那时,阿达尔吉莎更用力地捏着我的手,替我说了声谢谢,她就像孩子似的,高兴得蹦了一下。

她陪我们走到桌子边,给阿德里亚娜添了一套餐具。当我妹妹看到镶有金边的盘子前面放着一排吃甜点用的餐具时,她忍不住说了一句:

"我要怎么用这些餐具?对我来说,一副刀叉就够了,要是肉汤里汁比较多的话,再要个勺子就行了。"

我悄悄踢了她一脚,我坐在她旁边,就是为了好管束她。圭多坐在我们对面,他饶有兴趣地看着阿德里亚娜说:

"别担心,你想用哪些就用哪些。你会发现,接下来吃好吃的，你会用到那些小勺子、小叉子。"

圭多问她喜不喜欢上学，阿德里亚娜回答说一般般。

"我知道你很优秀，阿达尔吉莎经常说，你爱学习。"他对我说，好像是在为他只关心我妹妹而冷落了我表示歉意。

他们聊到了小镇，圭多小时候经常去那里走亲戚。他还记得，那儿有吃不完的午饭，美味的香肠。反过来，阿德里亚娜给他描述了"半截雪茄"家的香肠，他们家的香肠好吃到能让死人活过来。阿德里亚娜觉得和他在一起很自在，把我叮嘱她的话全忘了。她每次一张嘴我就害怕。阿达尔吉莎很高兴地在餐桌和厨房之间来回走动。

那天的前菜是海鲜。阿达尔吉莎看着圭多尝了第一口，想知道味道怎么样。他点头表示认可。阿德里亚娜用叉子叉起一只大虾，看来看去。

"有什么问题吗？"圭多问她。

"它看起来像一条虫子。"接着，她高兴地尝了一口。

他们俩开始开玩笑说，有些地方的人专门吃昆虫。我觉得很热，也没那么饿了。我已经放弃了，在阿德里亚娜说出不恰当的话时，我不再踢她的脚了。她本性如此。

阿达尔吉莎把蛤蜊拌面端上桌时，溅了几滴油在圭多的衬衣上。

"对不起，亲爱的，我这就去拿去油粉。"

她很温柔地把粉扑在有油点的地方，圭多把身子向后仰了点儿，让阿达尔吉莎更好操作。在回到座位之前，她的手抚摸过他的胸口。我从没见过阿达尔吉莎这样对她以前的丈夫。

"这次没有沙子吧？"阿达尔吉莎有点担忧地问了一句。

"味道很特别。"阿德里亚娜一边嚼，一边含含糊糊地说了一句，但阿达尔吉莎并不是在问我们。

"到现在为止，我好像没吃到沙子。只是有点儿咸，但没关系。蛤蜊要多泡一会儿。"

突然，房间里的孩子开始小声呼唤妈妈。

"他提前醒了，我去把他抱过来。"阿达尔吉莎站起来说。

"不，亲爱的，你就待在这儿，继续吃饭吧。弗朗切斯科应该遵循一个时间表。"

"可他哭了。"她无力地回了一句。

"我们制定了一些规则，也得到了儿科医生的认同。他哭不哭不要紧，过会儿他自己会睡的。"圭多指着盘子对阿达尔吉莎说："吃吧，菜都凉了。"

阿达尔吉莎又坐下去了，但她只是坐在凳子边儿上，背挺得很直。她用不太灵活的手指捏着叉柄,用叉子把意大利面卷起来,又放下。小宝宝的哭闹声停了,阿达尔吉莎的脸色也明朗起来。那时,就像圭多要求的那样,她几乎要把叉好的面条放到嘴里了,但小宝宝又哭了起来,越哭越大声。

圭多喝了一口水晶杯里的白葡萄酒,用餐巾擦了一下他干干的嘴唇。

"你别一直弄那颗蛤蜊,要是它没开口,就扔了吧。"他的话不带任何感情色彩,不过还是有几分刚才那种开玩笑的语气。

我转过身,对着阿德里亚娜。她用刀尖叉起了一颗蛤蜊。

"我不想浪费。"她说了一句,把那颗蛤蜊放到了吃得一干二净的盘底。

小宝宝哭闹得更厉害了,把蛤蜊壳碰撞瓷盘子的声音都掩盖了。他父亲不停用右手敲打桌子。突然他站了起来,我们三个都看着他,确信他是要到儿子的房间里去。然而他却走进了厨房,阿达尔吉莎忘了把第二道菜端出来:土豆烤鲈鱼。她又有气无力地把手放到了大腿上。

"你去把他抱过来,好吗?"阿德里亚娜趁圭多短暂离开时,鼓动她说。

阿达尔吉莎没回答,也许她没听到。圭多端着锅回来了,把锅直接放在了高档亚麻布做的桌布上。他把鱼皮和鱼刺剔掉，放了很多鱼肉在我们的盘子里，接着又给我们盛了配菜。他努力地微笑着对我们说，多吃点儿。小宝宝的尖叫声回荡在空中。

"也许他不舒服。"阿达尔吉莎像在恳求圭多。

"过五分钟他就睡了。他只是在使性子。"

圭多又去了一次厨房，拿了一筐面包过来。他把阿达尔吉莎盘子里已经冷了的意大利面换成了鱼，她把身子扭过去了一点儿，好像不想看那个盘子。阿达尔吉莎嘴边有两道深深的法令纹，让她看起来突然老了不少。

阿德里亚娜尝了尝鱼肉，其他人都没再吃了。大家都不说话，只能听到几米外小宝宝的哭闹声。哭声慢慢减弱，停了下来，圭多满意地点了点头。但过一会儿，孩子又哭了起来，而且哭得更大声了。

我不明白，阿达尔吉莎是如何受得了孩子的哭声的，我都替她觉得痛苦。但圭多一个眼神，就能让阿达尔吉莎坐在那儿不动。

阿德里亚娜站了起来，也许他并没有发觉。我肯定她是要去上厕所。我坐在座位上，就像动不了一样，整个屋子和大家的脑袋里都充斥着小宝宝的哭叫声。也许只过了几分钟而已，可孩子的哭声让时间变得非常漫长。阿达尔吉莎坐在她的椅子上，靠着椅背，盯着头上的吊灯看，吊灯并没有打开。她一只眼睛的妆有些花了。圭多在用手指摸盘子的金边。接着,我看到他惊了一下,好像发现了我身后的某个东西。我转过身去。

阿德里亚娜把小宝宝抱在怀里,他已经开始恢复平静了。阿德里亚娜轻轻地摇着他,他的脸红红的,还有哭过的痕迹,因为出汗,他的几撮头发粘在了额头上。

"谁允许你碰我的孩子了?"孩子的父亲突然站起来说。他的椅子向后倒了下去。他喘着粗气,脖子上的一根血管已经凸起。

阿德里亚娜没有看他。她轻轻把小宝宝交给了阿达尔吉莎。

"他把手指伸进了床的围栏里。"她说着,指了指宝宝手腕上的红色印记,他的皮肤很明显已经肿起来了。阿德里亚娜把小宝宝的头发向后捋了捋,用餐巾帮他擦干了眼泪,接着回到我身边坐下。阿达尔吉莎一根接一根,吻了小宝宝发红的手指。

我用手掌摸了摸妹妹结实又紧绷的大腿,她很强大,但她整个人都在发抖。

圭多把椅子扶起来,坐在椅子上,手臂向下垂着。他已经不再是对着小女孩大喊大叫,还用手指恶狠狠地指着她的那个人了。他心不在焉地看着眼前的两个高脚杯,一个里面装着水,另一个里面装着葡萄酒。我不知道他这样保持了多久,但我记忆中,他那天就是那个样子。

没有人说话，只是偶尔有啜泣声，小宝宝又困了。我轻轻摸了一下阿德里亚娜的肩膀，她马上明白我是什么意思。

"很感谢你们的午餐，所有菜都很好吃。但我们得走了，一个小时后，我妹妹还要坐汽车回镇上。"我很快说了一句。

阿达尔吉莎看着我们，眼神中流露着无助和悲伤。她轻轻地摇了摇头，几乎让人觉察不到，那个星期天和她想象的不太一样。

我走到她身边和她告别，闻到了她儿子身上散发出来的气味，特别像刚出炉的面包。小宝宝已经睡熟了，时不时会抖两下。我忍不住摸了摸他身上那件手工织的毛衣。毛衣是棉质的，质地非常柔软，也许我曾经穿过。阿达尔吉莎把我穿过的衣服都放在衣柜最顶层的一个箱子里，和我童年的其他记忆放在一起。我下意识地把落在她蓝裙子上的一根头发去掉了，好像要让她回到刚才的完美状态。

"你们至少把甜点吃了吧。"她说。

"下次吧。"阿德里亚娜回了一句。

"等一下。"圭多说。他用纸包好一块蛋糕，陪我们走到了门口。

"我正在收拾这外面。你们下次来，我们就可以在外面吃饭了。"我把身后的栅栏门关上，我们俩都深吸了一口气。

"你真了不起。"我对她说。

"总得有人去看看那个娃娃啊。他们就没想到他是因为疼才哭的吗?"

我们沿着花园,走在人行道上。走到转角处时,我改变了主意,那时候去坐车还太早了点。我说服阿德里亚娜,带她去沙滩上坐坐。夏天刚刚开始,沙滩上只撑开了几把伞。我们脱了鞋,她有点迟疑地跟着我走到了海边,和很久以前跟维琴佐一起来的那次一样,我们几乎待在同一个地方。我们俩没说话,都想起了他。

我脱了衣服,阿德里亚娜看了看我,就好像我疯了一样,最后她也脱了衣服,把衣服放在软绵绵的沙滩上。她把手交给我,克服了恐惧,我们就只穿着贴身内衣一起下了水。一群小鱼从我们脚踝上游过去。过了一会儿,我们适应了还有点凉的海水。她谨慎地向前走,我就在她旁边游来游去。我往她身上浇水,她把我的头往水下摁。

我们停了下来,面对面站着,挨得很近,水没过我的胸口,淹到了她的脖子。我的妹妹,就像一朵绽放的花儿,开在礁石上的一小块土上。我从她身上学会了反抗。现在,我们的相貌没那么像了,但我们生在世上的意义是一样的。我们学会了相依为命。

海面轻轻晃动,反射着使人眼花的波光,我们互相看着,身后是安全线。我微微闭着双眼,透过睫毛的缝隙,凝视着阿德里亚娜。

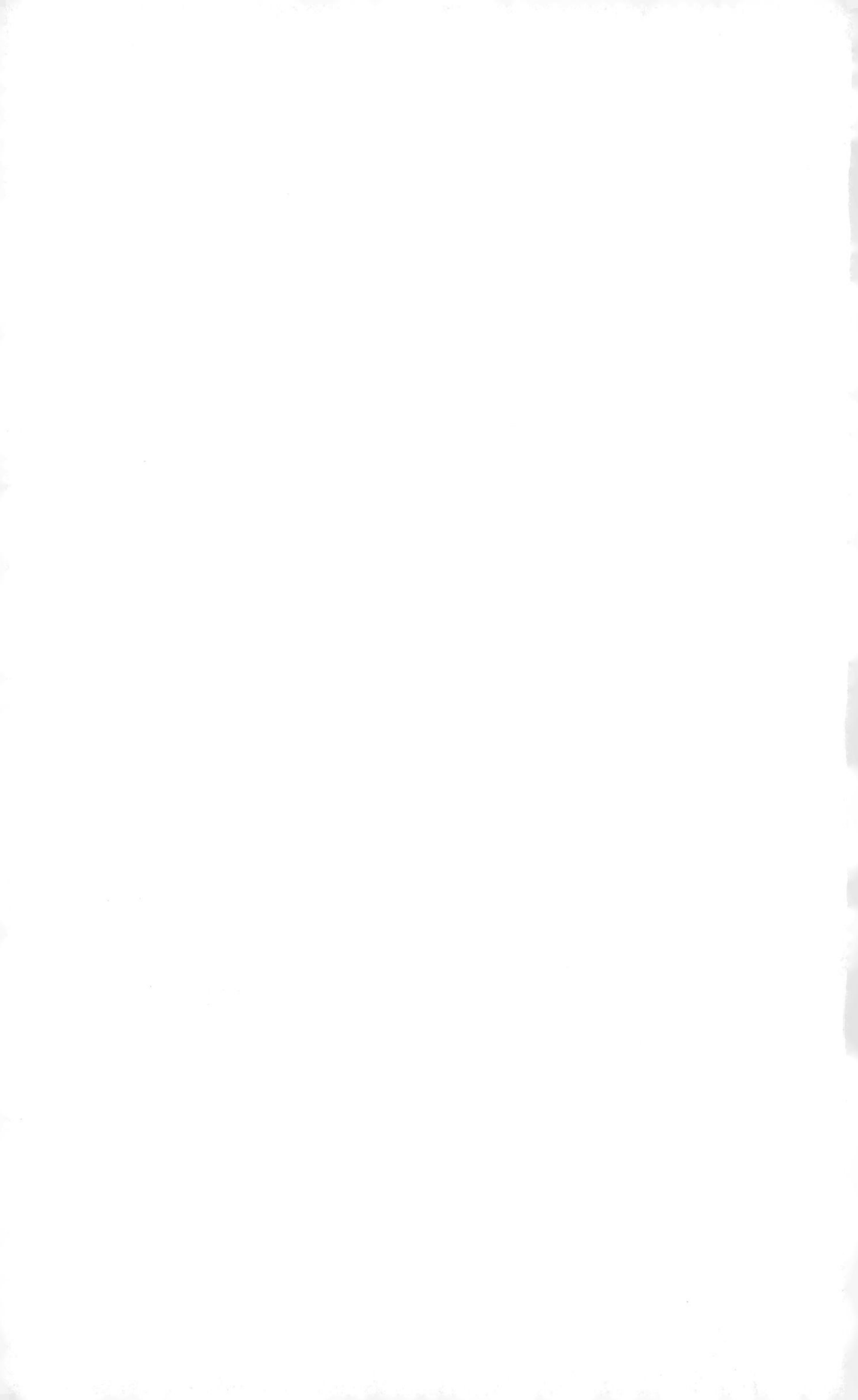